Autor **Kai Blum** wurde 1969 in Rostock geboren und hat in Leipzig Germanistik, Geschichte und Amerikanistik studiert. Nebenher schrieb er dort für eine Lokalzeitung. 1994 wanderte er in die USA aus und lebte anfangs in Washington, D.C. und South Dakota. Ende der Neunziger Jahre zog er nach Michigan und seit 2015 wohnt er in Chicago.

Kai Blum hat bisher sieben Bücher geschrieben: die praktischen Ratgeber »Alltag in Amerika«, »Immobilien in den USA« und »Bessersprecher Englisch (US)«, den unterhaltsamen »Fettnäpfchenführer USA« sowie die historischen Auswanderer-Krimis »Hoffnung ist ein weites Feld«, »Man erntet, was man sät« und »Mit Müh und Not«.

Kai Blum

Mit Müh und Not

Dritter Teil des Auswanderer-Krimis

Lektorat: Ulrike Ritter
Einbandgestaltung: Nancy Waters
Satz: David Janik

Bibliografische Information der Deutschen Nationalbibliothek: Die Deutsche Nationalbibliothek verzeichnet diese Publikation in der Deutschen Nationalbibliografie, detaillierte bibliografische Daten sind im Internet über http://dnb.dnb.de abrufbar.

© 2017 Kai Blum
Herstellung und Verlag: BoD – Books on Demand, Norderstedt
ISBN 9783743162563

4. Mai 1886

Ein leichter Nieselregen setzte ein. Andreas Brenner stand in der ersten Reihe vor dem als Bühne genutzten Pferdewagen und knöpfte sich die Jacke zu. Hinter sich hörte er Gemurmel und gelegentliche Zwischenrufe aus der Menge, die in der dunklen Straße versammelt war, um die führenden Anarchisten Chicagos reden zu hören.

Andreas arbeitete seit anderthalb Jahren als Schriftsetzer bei der auf Deutsch erscheinenden *Arbeiter-Zeitung*. Deren Chefredakteur August Spies hielt heute Abend die erste Rede. Am Vortag waren streikende Arbeiter der McCormick-Landmaschinenfabrik von der Polizei angegriffen worden, nachdem sie Streikbrecher attackiert hatten. Davon sprach August Spies. Er hatte mit ansehen müssen, wie zwei Arbeiter im Kugelhagel starben und unzählige verletzt wurden. Die bürgerlichen Zeitungen berichteten heute, er hätte die Arbeiter aufgewiegelt. Doch in seiner Rede verteidigte er sich: Er habe sich bei den ebenfalls streikenden Arbeitern auf den nahe gelegenen Holzumschlagplätzen aufgehalten und sei ihnen nur zu den Tumulten vor dem Fabriktor gefolgt.

Andreas dachte an gestern: Er war in der Setzerei, als Spies am späten Nachmittag sehr aufgebracht mit den englischen und deutschen Texten für ein zweisprachiges Flugblatt hereinkam. Darin schilderte er die Geschehnisse bei McCormick und rief zum Widerstand auf. Die Schlagzeilen lauteten »Workingmen, to Arms!« und »Arbeiter, zu den Waffen!«. Ein Kollege von Andreas fügte beim Setzen noch in fetten Buchstaben die Worte »Revenge« und »Rache« hinzu.

Die heutige Kundgebung fand statt, um gegen das Vorgehen der Polizei zu protestieren. Spies erinnerte seine Zuhörer an eine Reihe von Vorfällen in den letzten Monaten und Jahren, bei denen die Polizei streikende Arbeiter getötet hatte. »Warum ermordeten die Bluthunde der Ausbeuter eure Brüder?«, rief er den Arbeitern zu. »Weil sie den Mut hatten, mit dem Los unzufrieden zu sein, das die Ausbeuter ihnen beschieden hatten. Sie forderten Brot und man antwortete ihnen mit Blei.« Spies sah kurz in die Runde und fuhr fort: »Viele Jahre habt ihr die Demütigungen ohne Widerspruch hingenommen, habt euch vom frühen Morgen bis zum späten Abend geschunden, habt Entbehrungen jeder Art ertragen, um die Kassen der Herren zu füllen. Und jetzt, wo ihr vor sie hintretet und sie bittet, eure Bürde etwas zu erleichtern, da hetzen sie zum Dank ihre Bluthunde auf euch, um euch mit Bleikugeln von der Unzufriedenheit zu kurieren. Arbeiter, ihr seid am Scheideweg angelangt! Wofür entscheidet ihr euch? Für Sklaverei und Hunger oder für Freiheit und Brot?«

Aus der Menge kamen Rufe: »Freiheit! Brot!«

Als Nächster sprach Albert Parsons, der Herausgeber der Wochenzeitung *The Alarm* und der bekannteste englischsprachige Redner der anarchistischen *Internationalen Arbeiter-Assoziation*, die alle nur die *Internationale* nannten. Im Sommer kamen jeden Sonntag Tausende Arbeiter zum Lake Front Park am Ufer des Michigansees, um ihn reden zu hören.

Auch an diesem Abend riss Parsons das Publikum mit. Er prangerte insbesondere das Verhalten der Staatsmacht an: »Statt das Volk, also euch, die Arbeiter, zu schützen, verstehen es Polizei und Nationalgarde als ihre Aufgabe, die Macht des Kapitals zu erhalten.« Seine Stimme wurde lauter. »Freiwillig werden euch die Blutsauger nichts geben, keinen Achtstundentag, keinen fairen Lohn, keine Mitbestimmung. Aber der Tag naht, an dem die Arbeiter in der ganzen Welt die Fesseln der Lohnsklaverei abschütteln und die Ausbeuterklasse vernichten werden!«

Andreas bewunderte Spies und Parsons. Seit Monaten hatten sie die Arbeiter dazu aufgerufen, sich zu bewaffnen, damit sie sich gegen die brutalen Übergriffe der Polizei schützen konnten. Die beiden waren jedoch gemäßigt im Vergleich zu dem in New York lebenden Johann Most, der ganz offen zum gewaltsamen Umsturz aufrief. Most hatte auch in Chicago eine ganze Reihe von Anhängern. Darunter war der Vorarbeiter in der Setzerei der *Arbeiter-Zeitung*, Adolph Fischer. Kein Tag verging, an dem Fischer nicht genau wie Most von der »Propaganda der Tat« und der befreienden Kraft des Dynamits schwärmte.

Spies wurde das oft zu viel, und auch heute Morgen hatte er wieder heftig mit Fischer gestritten. Der hatte diese Kundgebung organisiert und den Text für das Ankündigungsflugblatt mit dem Satz »Arbeiter, bewaffnet euch und erscheint massenhaft« abgeschlossen. Spies jedoch wollte nur dann als Redner auftreten, wenn Fischer den Satz entfernte. Er fürchtete, dass durch einen Aufruf zur Bewaffnung viele Arbeiter abgeschreckt würden. Fischer hielt dagegen, dass Spies am Vortag nach den Vorfällen bei McCormick in seinem Flugblatt selbst den Satz »Arbeiter, zu den Waffen!« verwendet habe. Spies erwiderte, das wäre eher generell gemeint gewesen. So ging es hin und her.

Fischer willigte schließlich kopfschüttelnd ein, der Text wurde geändert und das Flugblatt neu gedruckt, aber einige Exemplare der alten Fassung waren wohl doch verteilt worden, denn Andreas hatte eines von ihnen in der Hand eines Kundgebungsteilnehmers gesehen. Wenn Spies das erfuhr, würde er sicher sehr ungehalten werden. Schon heute Abend nach seiner Ankunft auf dem Haymarket war er wütend geworden: Außer ihm war kein anderer Redner da und er musste sich selbst um weitere Sprecher kümmern. »Ich verstehe das nicht«, hatte Spies zu Andreas gesagt. »Was hat sich Fischer dabei gedacht, keine englischen Redner einzuladen? Der will Revolution machen, ist aber nicht mal in der Lage, eine Kundgebung auf die Beine zu stellen.«

Andreas mochte den trotz aller revolutionären Leidenschaft eher besonnen vorgehenden Spies. Für ihn war der Zeitpunkt für eine Revolution noch nicht gekommen, vor allem weil die Arbeiter nicht ausreichend organisiert waren. Eine Niederschlagung wie bei der Pariser Kommune vor fünfzehn Jahren musste unbedingt vermieden werden, hatte er neulich erst während einer Arbeitspause erklärt und betont, den Gewerkschaften käme eine besondere Rolle zu. Fischer dagegen nannte den Kampf um Reformen wie den Achtstundentag »nutzlose Spielerei«.

In Gedanken mit den Streitereien zwischen Spies und Fischer beschäftigt, hatte Andreas der Rede von Albert Parsons nur mit halbem Ohr zugehört. Der hatte gerade zu Ende gesprochen, begleitet von heftigem Applaus und zustimmenden Rufen.

Parsons, der mit seiner Frau Lucy und seinen zwei kleinen Kindern gekommen war, stieg vom Wagen und gab bekannt, dass er wegen des stärker werdenden Regens mit seiner Familie in die nahe gelegene Arbeiterkneipe Zepf's gehen würde.

Die meisten Teilnehmer hatten sich angesichts des Wetters schon auf den Heimweg gemacht, der letzte Redner fand daher nur noch ein paar Hundert hartgesottene Zuhörer: Samuel Fielden stieg auf die provisorische Bühne und sein langer Bart wehte im Wind. Der nordenglische Dialekt des kräftigen Fuhrmanns war unverkennbar, als auch er mit donnernder Stimme die Staatsgewalt verurteilte, die nur den Interessen des Kapitals diente. »Verliert sie nicht aus den Augen!«, rief er der Menge zu. »Haltet sie auf! Tötet sie! Tut alles, was in eurer Macht steht, um sie zu stoppen!« Die Männer, die jetzt noch hier ausharrten, waren kampfbereit. Nicht wenige von ihnen waren Mitglieder im verbotenen *Lehr und Wehr Verein,* der einige Hundert Arbeiter militärisch ausbildete. Auch Adolph Fischer trug stolz eine Gürtelschnalle mit der Aufschrift »L.&W. V«.

Andreas hatte Sophie versprochen, um zehn zu Hause zu sein. Sie hatte ihn gebeten, nicht zu dieser Kundgebung zu gehen, nach dem, was gestern bei McCormick geschehen war. Andreas aber wollte gegenüber seinen Kollegen von der *Arbeiter-Zeitung* nicht als Feigling dastehen. August Spies hatte ihm gerade freundlich zugenickt und auch Adolph Fischer war eben noch hier gewesen, allerdings hatte Andreas ihn in der Dunkelheit aus den Augen verloren.

»Uns wurde der Krieg erklärt«, rief Fielden. Seine kräftige Stimme hallte trotz des Windes von den Fassaden der unbeleuchteten Fabrik- und Geschäftsgebäude auf beiden Straßenseiten wider. »Und ich fordere euch auf: Nutzt, was ihr könnt, um dem Angriff des Feindes zu widerstehen!« Der Redner hielt inne und schien über die Menge hinweg etwas zu beobachten. Jemand rief: »Da kommen die Bluthunde!«

Ungefähr zweihundert Polizisten marschierten im Eiltempo, in voller Straßenbreite und in mehreren Reihen hintereinander auf die Kundgebung zu. Viele der Uniformierten hatten Schlagstöcke in der Hand, manche sogar Revolver. Die Menge wich zurück.

Als die Polizisten den Wagen mit dem Redner beinahe erreicht hatten, befahl ihnen ein Hauptmann anzuhalten. Andreas sah neben dem Hauptmann den berüchtigten Chefinspektor John Bonfield stehen. Bonfield war in Chicago für sein brutales Vorgehen gegen Demonstranten bekannt. Er hatte auch die gewaltsame Niederschlagung der Proteste am Vorabend bei McCormick angeführt.

Bonfield nickte dem Hauptmann zu. Der verkündete mit lauter Stimme: »Ich befehle euch im Namen des Volkes von Illinois, sofort friedlich auseinanderzugehen.«

Friedlich, dachte Andreas zornig. Die Polizisten standen mit Waffen in der Hand da! Dass Bonfield das Kommando führte, ließ ihn Böses ahnen. Andreas hatte letzten Sommer beim Streik der Straßenbahner mit eigenen Augen gesehen, wie Bonfield einen unbeteiligten alten Mann bewusstlos geknüppelt hatte.

August Spies kletterte zurück auf den Wagen und flüsterte Fielden ein paar Worte ins Ohr. Dieser rief daraufhin in Richtung Polizei: »*Wir* sind friedlich!«

Auf dem Platz herrschte absolute Stille. Der Hauptmann wiederholte seinen Befehl Wort für Wort.

»Schon gut, wir gehen ja«, sagte Fielden nach kurzem Zögern und Spies und er machten sich daran, vom Wagen zu steigen. In diesem Augenblick nahm Andreas ein zischendes Geräusch wahr. Er folgte Fieldens Blick und sah einen kleinen Gegenstand, der an einem Ende glühte, von der Seite her in die Reihen der Polizisten fliegen. Er wunderte sich, dass jemand seine Zigarre in so hohem Bogen wegwarf, und wurde im nächsten Moment von einer gewaltigen Detonation gegen den Wagen geworfen. Danach war es stockdunkel, die Flamme der einzigen Gaslaterne in der Straße war von der Druckwelle gelöscht worden. Andreas klangen die Ohren. Nach zwei oder drei Sekunden unheilvoller Stille begannen Schüsse zu fallen. Erst vereinzelt, dann beinahe ununterbrochen.

Es herrschte Chaos. Schreie, Schüsse, Hunderte Menschen, die fortzulaufen versuchten. Andreas wurde von der Menge gegen eines der großen Wagenräder gedrückt. Nur mit größter Mühe gelang es ihm, sich frei zu machen und unter das Fuhrwerk zu kriechen. Seine Gedanken rasten. War das Dynamit gewesen? Andreas musste an Adolph Fischer und seine Schwärmerei für den Sprengstoff denken.

Zwei Männer krochen unter den Wagen, ohne Andreas in der Dunkelheit zu bemerken. »Diese Idioten feuern auf alles, was sich bewegt!«, fluchte einer von ihnen auf Englisch und mit irischem Dialekt. Der andere schrie: »Nicht schießen, Kollegen!« Das waren Polizisten! Andreas rutschte auf allen vieren rückwärts. Die Polizisten waren sicher nur eine Armlänge von ihm entfernt. Er zögerte, unter dem Wagen hervorzukommen und wegzulaufen, denn noch immer fielen Schüsse. Als er sich endlich einen Ruck geben wollte, zündete einer der Polizisten ein Streichholz an. Er musste irgendetwas gehört haben. Er sah Andreas, fasste ihn sofort am Arm, wartete einen Augenblick und zerrte ihn schließlich ins Freie. Andreas, der eher schmächtig gebaut war, wagte es nicht, sich zu wehren. Der zweite Polizist tastete ihn nach Waffen ab und legte ihm eine Handschelle an. Die zweite Handschelle machte er an einem Wagenrad fest. »Lass uns hier warten, bis jemand mit einer Laterne kommt«, sagte er dabei zu seinem Kollegen.

Überall lagen stöhnende Menschen in der Dunkelheit. Von der Wache her kamen schon bald Uniformierte mit Laternen angelaufen und begannen hastig, nach verletzten Kollegen zu suchen und sie wegzutragen. Andreas sah Bonfield mit einer Pistole in der Hand mitten auf der Straße stehen und Befehle geben. Arbeiter, die von Kugeln getroffen waren, wurden ignoriert, solange sie es nicht wagten, aufzustehen. Taten sie das, bekamen sie den Schlagstock zu spüren oder wurden von Polizisten fortgezerrt. Auch der kräftige Polizist, der Andreas vom Wagen losmachte und mit eisernem Griff am Oberarm in Richtung Wache führte, teilte auf dem Weg dorthin Schläge aus, als ihm ein verletzter und anscheinend verwirrter Arbeiter zu nahe kam. Andreas hatte Angst und dachte an Sophie und an Ella, ihre kleine Tochter, die gerade erst ein halbes Jahr alt geworden war. Sophie würde sich Sorgen machen, wenn er nicht nach Hause käme. Zum Glück war er unverletzt geblieben und er hielt es für ratsam, nicht den Zorn der ohnehin schon wütenden Polizisten auf sich zu ziehen. Er war unbewaffnet und hatte nichts Gesetzwidriges getan, da würde man ihn sicher spätestens am Morgen wieder laufen lassen.

Der Polizist stieß Andreas die Treppe zum Eingang der Wache hinauf. Im Inneren kümmerten sich unverletzte Polizisten um ihre auf Tischen, Bänken und dem Boden liegenden Kollegen, die zumeist Verletzungen an den Beinen hatten und deren Uniformhosen zerfetzt und blutig waren. Andreas hatte noch nie in seinem Leben so viel Blut gesehen. Einige der Verletzten stöhnten oder wimmerten vor Schmerzen. Auf einem Tisch lag ein Mann, dessen Uniform auch am Bauch blutdurchtränkt war. Sein Gesicht war mit einer Jacke bedeckt. Ein Polizist trat wortlos an Andreas heran und schlug ihm die Faust so hart ins Gesicht, dass er in die Knie ging. Der Mann, der ihn abgeführt hatte, zerrte ihn wieder auf die Beine und die Treppe zum Keller hinunter, in einen langen Gang mit zahlreichen eisernen Türen auf beiden Seiten. Andreas war benommen. Der Polizist öffnete eine der Türen und stieß ihn, ohne noch etwas zu sagen, hinein. Die Tür fiel ins Schloss und Andreas war allein in einer dunklen Zelle.

9. Mai 1886

Jack Hunhoff wollte seiner Frau Luise am Ausgang der Kirche den Vortritt lassen, aber sie blieb in der Tür stehen, da das Ehepaar Brenner, das vor ihnen ging, aufgehalten wurde.

»Gut, dass Sie hier sind!«, hörte Jack einen Mann sagen, der seitlich vor der Tür stand. Die Stimme kam ihm bekannt vor. Er drängte sich neben Luise, um den Mann sehen zu können. Richtig, es war der Telegrafist vom Bahnhof. Dieser reichte Heinrich Brenner gerade ein gefaltetes Blatt Papier. »Dieses Telegramm ist gestern Abend eingetroffen.« Er ließ sich den Empfang quittieren und eilte davon.

Heinrich Brenner trat ein wenig beiseite, um nicht länger den Weg zu verstellen, und faltete das Blatt auseinander. Er las die Nachricht und sah seine Frau an, die ebenfalls einen Blick auf das Telegramm geworfen hatte und schlagartig bleich geworden war. Jack stellte sich neben den Freund und wollte sich erkundigen, was los sei, aber Heinrich Brenner kam ihm zuvor und fuhr ihn mit vor Wut zitternder Stimme an: »Wo ist dein Bruder?«

Jack war überrascht und sah sich um. »Hast du Bob gesehen?«, fragte er Luise. Die schüttelte den Kopf.

»Was gibt es denn, Heinrich?«, fragte Jack den Bauern, dessen Farm gleich neben der seines Bruders lag.

Heinrich Brenner reichte ihm wortlos das Telegramm.

»Andreas verhaftet, brauchen Hilfe«, las Jack. Kaum war er damit fertig, riss ihm Heinrich Brenner den Zettel aus der Hand und stürmte auf Bob zu, den er in der schwatzenden Menge vor der Kirche entdeckt hatte. Jacks jüngerer, unverheirateter Bruder unterhielt sich gerade lachend mit einer attraktiven Witwe aus Kanada, die sich vor Kurzem in Neufeld niedergelassen und einen Buchladen eröffnet hatte.

Heinrich Brenner trat zwischen die beiden und hielt Bob das Telegramm vor die Nase. »Sieh, was du angerichtet hast!«

Jack konnte sich denken, warum Heinrich so wütend auf Bob war. In den Zeitungen gab es seit Tagen kaum ein anderes Thema. Mehrere Polizisten waren auf dem Haymarket in Chicago durch eine Bombe getötet worden. Sie hatten offenbar versucht, eine Kundgebung der Anarchisten aufzulösen. Andreas, der Sohn von Heinrich Brenner, arbeitete als Setzer bei der *Arbeiter-Zeitung*, die von deutschen Anarchisten herausgegeben wurde. Bob hatte ihm, als er noch in Neufeld lebte, hin und wieder deren Schriften geliehen und ihm dann auch die Arbeit bei der Zeitung vermittelt.

»Ohne dich wäre er nie in diese Gesellschaft geraten!«, hörte Jack, als er und Luise näher kamen, den sonst so besonnenen Heinrich Brenner schimpfen. »Und jetzt sitzt er in der Scheiße.«

Die Buchhändlerin, mit der Bob sich unterhalten hatte, verabschiedete sich eilig. Jack erwartete, dass sein Bruder etwas vom »Kampf für eine gerechte Sache« sagen würde. Umso mehr war er überrascht, als Bob nüchtern erwiderte: »Mach dir keine Sorgen, ich hole ihn da raus.«

Ihn da rausholen? Wie stellte er sich das vor?

Der aufgebrachte Heinrich hatte offenbar den gleichen Gedanken. »Und wie willst du das machen? Du fährst da einfach hin und verlangst seine Freilassung?«

Bob ließ sich nicht aus der Ruhe bringen. »Wir wissen doch noch gar nicht, warum er verhaftet wurde. Wahrscheinlich sind Hunderte in Gewahrsam genommen worden. Sobald der Bombenwerfer gefasst ist, werden sie wieder freigelassen.«

»Und wenn man den Bombenwerfer nicht findet?«

»Dann finde ich ihn.«

Heinrich sah Bob unverwandt an. »Wie du das machst, ist mir egal, aber komm mir nicht ohne meinen Sohn zurück!« Er wandte sich um und zog seine Frau, die Tränen in den Augen hatte, fort.

Jack wartete einen Moment und sagte dann zu Bob: »Und was ist, wenn es einer von deinen Freunden war? Willst du den etwa an den Galgen liefern?«

»Die haben das nicht getan. Die Einzigen, denen dieser Vorfall nützt, sind Marshall Field und Konsorten. Ich gehe jede Wette ein, dass die dahinterstecken.«

Marshall Field war der reichste Mann in Chicago und ein ausgesprochener Feind von Gewerkschaften, Sozialisten und Anarchisten, die schon das eine oder andere Mal einen lautstarken Demonstrationszug an seiner Villa in der Prairie Avenue vorbeigeführt hatten.

»Was ist, wenn es doch einer von deinen Freunden war?«

Bob schwieg einen Augenblick. »Dann werden wir sehen. Aber wie gesagt, das glaube ich nicht. Warte mal, ich bin gleich wieder da.«

Jack und Luise warfen sich verwunderte Blicke zu, während Bob zu Hans Sievers rannte, einem anderen Nachbarn, der gerade mit Frau und Kindern davonfahren wollte. Nach kurzer Unterhaltung gaben sich die Männer die Hand und Bob kam zurück.

»Hans kümmert sich um mein Vieh, während wir in Chicago sind.«

Jack stutzte. »Wir?«

»Ich könnte deine Hilfe gut gebrauchen. Du hattest immer ein besseres Verhältnis zu den Kollegen.«

Jack sah Luise an. Sie nahm seine Hand und sagte: »Fahr nur. Ihr müsst den armen Jungen da rausholen.«

»Also gut, wir fahren mit dem nächsten Zug, dann sind wir heute Abend in Bismarck, nehmen dort den Nachtzug nach Minneapolis und, wenn alles klappt, morgen früh die Verbindung nach Chicago.«

Zuvor musste Jack aber unbedingt mit Herbert Schell sprechen und ihn um eine Freistellung bitten. Der Verleger der *Dakota Zeitung* hatte ihn vor gut zwei Jahren als Reporter eingestellt, nachdem Jack nicht als Sheriff wiedergewählt worden war. Die Wahlniederlage war im Nachhinein gesehen ein wahrer Glücksfall, denn die Arbeit bei der Zeitung bereitete Jack große Freude. Mit der Polizistentätigkeit hatte er endgültig abgeschlossen. Sechs Jahre als einfacher Polizist in Chicago und drei als Sheriff im Dakota-Gebiet reichten ihm. Bob und er waren 1873 nur aus der Not heraus zur Polizei gegangen: Ihr Vater war in diesem Jahr gestorben und die Brüder hatten während der damaligen Wirtschaftskrise das von ihm geerbte kleine Fuhrunternehmen verloren. Ein Nachbar, der einige Monate zuvor bei der Polizei angefangen hatte, meinte, dass man dort kräftige Burschen wie sie immer gebrauchen konnte.

Gleich am Ende der ersten Woche im Polizeidienst wurde ihnen klar, warum das so war. Da mussten sie auf einer riesigen Kundgebung vor dem Rathaus mit ihren Schlagstöcken auf die versammelten Arbeiter eindreschen. Die Demonstranten hatten Arbeit und Brot sowie die Einführung des

Achtstundentages gefordert, um der Arbeitslosigkeit abzuhelfen. In den folgenden Jahren gab es viele derartige Kundgebungen, und nicht selten kam der Befehl, gewaltsam gegen die Teilnehmer vorzugehen.

Hier im Dakota-Gebiet hatte Jack keine Gewalt mehr anwenden müssen. Dafür gab es neue Aufgabenbereiche wie die Aufklärung von Mordfällen. Dabei hatte er allerdings keine glückliche Hand. In den letzten zwei Jahren war er deshalb froh gewesen, mit all diesen Sachen nichts mehr zu tun zu haben. Und jetzt wollte Bob, dass sie nach Chicago zurückkehrten, um den Bombenwerfer vom Haymarket zu finden. Jack hielt von derartigen Ermittlungen wenig, denn die Chicagoer Polizei tat mit Sicherheit bereits alles Erdenkliche. Was beabsichtigte sein Bruder denn da noch zu erreichen? Aber vielleicht gab es ja einen anderen Weg, Andreas zu helfen. Insgeheim hoffte Jack sogar, dass Andreas schon wieder frei war, wenn sie in Chicago ankamen. Bob hatte wahrscheinlich recht: Es wurde erst einmal ein Haufen Leute verhaftet und dann allmählich ausgesiebt. Jack wünschte, er hätte solche Befugnisse gehabt, als er hier in Neufeld nach den Schuldigen in seinen Mordfällen suchte.

Mit derartigen Gedanken im Kopf lief Jack die sonntäglich verwaiste Hauptstraße hinunter. Luise holte inzwischen ihren Sohn Thomas von der Sonntagsschule ab. Seit einem Jahr wohnten sie jetzt in Neufeld, das mittlerweile fast dreimal so groß war wie die etwas ältere Nachbarstadt Watertown, wo sie vor zwei Jahren geheiratet hatten. Damals war noch vieles anders gewesen. Da arbeiteten nur drei Leute bei der *Dakota Zeitung:* Herbert Schell als Herausgeber und Chefredakteur, Andreas Brenner als Setzer und Jack als Reporter und Anzeigenverkäufer in Watertown.

Dann wurde plötzlich eine neue Eisenbahnstrecke gebaut, die die nördlichen Gebiete mit der schon durch Neufeld führenden Ost-West-Strecke verband. Die kleine Stadt wurde dadurch schlagartig zum größten Umschlagplatz in der Gegend. Die Getreidesilos und Holzlager schossen wie Pilze aus dem Boden und Neufeld wuchs rasant, sodass sich hier letztendlich bessere Möglichkeiten für die Schneiderei, die Luise betrieb, entwickelten. Für Jack gab es in Neufeld jetzt genug zu schreiben, aber einmal in der Woche fuhr er trotzdem noch nach Watertown, um auch von dort zu berichten.

Mittlerweile arbeiteten bei der *Dakota Zeitung* sechs Leute. Nachdem Andreas geheiratet hatte und mit seiner Frau Sophie nach Chicago gegangen war, stellte Herbert Schell zunächst einen neuen Setzer ein, später eine Sekretärin und zwei Anzeigenverkäufer, einen in Neufeld und einen in Watertown. Die Zeitung erschien zweimal in der Woche, dienstags und freitags.

Sonntags fuhr Herbert Schell oft in der Gegend herum und machte Aufnahmen mit seinem Fotoapparat. Als Jack um die Ecke bog, sah er ihn vor seinem Haus, in dem sich auch die Redaktion befand, tatsächlich gerade seinen Wagen besteigen. Mit dem roten Haar, das unter dem Hut hervorlugte, war er in Neufeld unverwechselbar.

Jack begann zu laufen. Er rief den Namen seines Arbeitgebers und Freundes. Herbert Schell drehte sich um und winkte freundlich.

Als Jack den Wagen erreichte, atmete er tief durch und sagte: »Ich muss nach Chicago, heute noch.«

»Nach Chicago? Etwas Familiäres?«

»Nein, es geht um Andreas.«

»Um Andreas?« Herbert Schell stieg vom Wagen. »Das hat nicht etwa mit dem Haymarket zu tun?«

»Doch, er ist verhaftet worden. Sophie hat ein Telegramm geschickt. Heinrich ist außer sich und gibt Bob die Schuld.«

»Nun ja, dein Bruder hat ihm ja laufend Bakunin, Kropotkin und Most zum Lesen gegeben. Und dann auch noch die Arbeit in Chicago besorgt.«

Bob Hunhoff hatte ein ganzes Buchregal mit anarchistischen Schriften. Auch Herbert Schell hatte sich schon so manches Buch von Bob geliehen und mit ihm lange Gespräche über Sozialismus und Anarchismus geführt. Er band kurzentschlossen das Pferd wieder an. »Lass uns ins Büro gehen.«

Jack folgte dem für ein Präriestädtchen viel zu elegant gekleideten Verleger, der geschwind die Treppe hinauflief und das Büro der *Dakota Zeitung* aufschloss. Der Geruch von Druckerschwärze empfing sie. Vorn im Raum befanden sich die Schreibtische von Herbert Schell und der Sekretärin, im hinteren Teil die Setzerei und die Druckmaschine. Jacks Schreibtisch stand seitlich an der Wand, an der eingerahmte Fotografien von Farmen und Feldern zu jeder Jahreszeit hingen. Eines der Fotos zeigte einen Zug, der von einem Heuschreckenschwarm überfallen worden war. Das war Jacks Lieblingsbild, denn er war in diesem Zug gewesen und hatte Herbert Schell kennengelernt, kurz nachdem dieser die Aufnahme gemacht hatte.

Vor den hohen Fenstern zur Straße hin standen zwei Sessel, in die sie sich setzten. »Bob hat Heinrich gesagt, dass er nach Chicago fahren und den Bombenwerfer finden will, um Andreas aus dem Gefängnis zu holen«, erklärte Jack, während Herbert Schell sich eine Zigarre anzündete. »Und er hat mich gefragt, ob ich mitkomme und ihm dabei helfe.«

Herbert Schell nahm einen tiefen Zug und blies langsam den Rauch aus. »Wenn ich hier wegkönnte, würde ich euch begleiten.« Er stand wieder auf, ging zum Schreibtisch seiner Sekretärin und holte ein Blatt Papier mit dem Briefkopf der *Dakota Zeitung* aus einer Schublade. »Ich schicke dich als Korrespondent nach Chicago. Dann fällt das gar nicht auf, wenn du dort Leute befragst. Ich gehe jede Wette ein, dass es da in diesen Tagen von Reportern nur so wimmelt.« Er deutete auf das Blatt. »Ich setze dir jetzt ein Schreiben auf, mit dem du dich ausweisen kannst.«

Jack stand ebenfalls auf und trat an den Tisch heran. »Damit könnte ich sogar die ehemaligen Kollegen bei der Polizei befragen.«

»Natürlich, das wäre sogar am besten. Und Bob kann sich unter seinen Freunden umhören, sofern die nicht verhaftet wurden.« Er griff in den Stapel Zeitungen aus anderen Städten, der wie gewöhnlich auf seinem Tisch lag, und förderte eine *Chicago Tribune* hervor. Er überflog die erste Seite und tippte dann mit dem Zeigefinger auf eine Stelle im Leitartikel. »Hier steht's: Die Ermittlungen werden von Michael Schaack geführt.«

»Schaack ist der beste Ermittler in Chicago. Nicht zimperlich, wenn es um Verhöre geht. Die Kollegen von seinem Revier haben da so manche Geschichte erzählt. Und eitel ist er. Der liebt es geradezu, seinen Namen in der Zeitung zu lesen.«

»Na, das ist doch schon mal was!«, rief Herbert Schell. »Du musst gleich zu ihm hin und sehen, was er preisgibt. Schmier ihm einfach Honig ums Maul, aber geschickt, denn dumm ist der bestimmt nicht.«

»Ist er nicht und Deutsch spricht er auch, weil er aus Luxemburg kommt.«

»Kennt er dich?«

»Glaube ich nicht, ich habe nie direkt mit ihm zu tun gehabt, ich war auf einem anderen Revier. Aber gesehen habe ich ihn hin und wieder.«

»Und dein Bruder?«

»Dasselbe. Ich fürchte allerdings, er kennt den Namen Hunhoff, denn Bob musste ja damals aus der Stadt verschwinden, wie du weißt.«

»Es wird wohl besser sein, wenn er nicht erfährt, dass Bob auch in Chicago ist. Ihr solltet am besten in verschiedenen Hotels wohnen.«

»Ich weiß nicht, ob wir uns das leisten können.«

»Ihr müsst ja nicht gerade im Palmer House und im Grand Pacific residieren«, erwiderte Herbert Schell schmunzelnd. »Und außerdem bezahle ich dafür. Du musst mir aber mindestens einmal in der Woche einen Bericht über die Ereignisse in Chicago schicken.«

»Telegrafisch?«

»Nein, mit der Schnellpost reicht es. Schreib über die aktuellen Entwicklungen und die Stimmung in der Stadt. Ein Interview mit Schaack wäre natürlich auch nicht schlecht.«

Als Jack sich verabschiedete, meinte Herbert Schell noch: »Deinen Sonntagsanzug behältst du am besten gleich an.«

Die Zellentür wurde aufgeschlossen und ein älterer Mann, klein und schmächtig und mit dünnem Haar, wurde hineingeschoben. Andreas kannte ihn vom Sehen.

»Andreas Brenner, nicht wahr?«, fragte der Mann mit heiserer Stimme und gab Andreas die Hand. »Walter Schmied.« Und flüsternd, mit vielsagendem Blick zur Tür hin, fügte er hinzu: »Ich bin ein Freund von Adolph Fischer, wir sind zusammen im Lehr und Wehr Verein.« Er musterte Andreas: »Mein lieber Mann, dir haben sie ganz schön eine draufgegeben!«

Andreas nickte nur. Seit der Verhaftung war er allein in seiner Zelle gewesen, zuerst eine Nacht in der Polizeiwache in der Desplaines Street und dann hier in der Chicago Avenue. Der Mann, den ihm Adolph Fischer vor einigen Wochen auf einem Fest der *Arbeiter-Zeitung* vorgestellt hatte, kam ihm wie ein Eindringling vor, dabei standen sie doch auf derselben Seite.

»Wie lange bist du denn schon hier, Genosse?«, fragte Walter Schmied.

»Seit Dienstagabend.«

»Du bist dort gewesen, als es passiert ist?« Er flüsterte wieder.

»Ja.«

»Na, wenn du mich fragst, das geschieht ihnen recht, diesen Arbeitermördern! Fünf von denen hat's erwischt, deshalb drehen sie jetzt durch und verhaften alle, die nur irgendwie mit der *Internationale* zu tun haben.«

Der Drang nach Nachrichten erwachte in Andreas. Mehr als vier Tage war er nun schon von der Außenwelt abgeschlossen. Zunächst war er in ständiger Sorge gewesen, doch dann war er immer lethargischer geworden. Ohne zu wissen, was los war, konnte er seine Lage nicht einschätzen. Warum man ihn festhielt, war ihm ein Rätsel.

»Fünf Tote?«

»Ja, bei den Bluthunden. Einer war gleich tot, die anderen sind im Krankenhaus verreckt. Wie viele Genossen im Kugelhagel gestorben sind, weiß niemand. Das waren bestimmt mehr als fünf, aber das interessiert die Kapitalistenpresse nicht. Das Einzige, was die wollen, ist uns alle aufhängen.«

Sie setzten sich auf ihre Pritschen.

»Und die *Arbeiter-Zeitung*?«

»Alle verhaftet: Spies, Fischer und die anderen. Gleich am nächsten Morgen. Parsons haben sie allerdings nicht gekriegt, der ist wie vom Erdboden verschwunden.«

Andreas erinnerte sich, dass Albert Parsons einige Minuten vor der Explosion die Kundgebung mit seiner Familie verlassen hatte. Walter Schmied beugte sich vor und flüsterte noch leiser als zuvor: »Sag mal, hast du gesehen, wer die Bombe geworfen hat?«

Andreas schüttelte den Kopf. »Nein, das ging alles ganz schnell.«

Schmied lehnte sich zurück an die Wand. Er schien zu zögern, dann sagte er: »Manche meinen, der Schnaubelt war's.«

»Der Schwager von Michael Schwab?«, fragte Andreas ungläubig. Michael Schwab war einer der Redakteure bei der *Arbeiter-Zeitung*, ein ruhiger, freundlicher Mann, der mit seinem vollen Bart und seiner Brille wie ein Gelehrter aussah. Sein Schwager Rudolph Schnaubelt, ein nicht zu übersehender Hüne Mitte zwanzig, war bei allen Veranstaltungen der Anarchisten dabei und ließ sich auch oft in der Redaktion blicken. Während Spies und Parsons sprachen, hatte er mit zwei, drei anderen Männern auf dem Wagen gestanden, war aber heruntergesprungen und verschwunden, kurz bevor die Polizei anrückte.

»Glaub ich ja auch nicht«, sagte Schmied schnell. »Der ist doch viel zu friedlich. Ehrlich gesagt, dem Adolph würde ich's schon eher zutrauen. Hat der dir nicht auch ständig in den Ohren gelegen, von wegen Propaganda der Tat und so?«

»Davon haben viele geredet.«

Andreas' Gegenüber lachte und fragte beinahe beiläufig: »Stimmt, der Spies ja auch, oder?«

»Nein, dem ist das eher auf die Nerven gegangen. Hat immer gesagt, der Zeitpunkt für die Revolution sei noch nicht gekommen.«

Walter Schmied schüttelte den Kopf. »Na, wie lange sollen wir denn warten? Laufend greifen sie uns an und erschießen unsere Leute. Nach dem, was bei McCormick geschehen war, musste endlich einmal ein Zeichen gesetzt werden. Derjenige, der die Bombe geworfen hat, ist ein Held! Ich wünschte, ich hätte so viel Mut.«

Jetzt fängt der auch so an wie Fischer, dachte Andreas. Das kann ja was werden, mit dem hier in einer Zelle. »Und, hat es was gebracht, das Zeichen? Hat die Revolution begonnen? Ist die Chicagoer Kommune schon errichtet?«

Walter Schmied sah ihn mit großen Augen an.

»Da draußen herrscht Krieg, mein Junge, die verhaften dich, wenn deine Großmutter mal einem Genossen einen guten Tag gewünscht hat. Eine reine Hexenjagd ist das. Die Waffenlager haben sie auch fast alle ausgehoben.« Er hustete. »Du weißt doch von den Waffenlagern?«

Andreas wunderte sich ein wenig über diese Frage. »Nein.«

»Na, ich werde ihnen auch nichts sagen, selbst wenn sie mich in die Sweat Box stecken.«

»Sweat Box?«

»Du hast noch nicht davon gehört? Das ist so eine Holzkiste, da stecken die dich rein, stundenlang, tagelang, wenn sie wollen. Darin kannst du nicht liegen, nicht sitzen oder stehen. Zappenduster ist's und du schwitzt dich kaputt. Damit bringen sie so manchen zum Reden.«

»Warst du da schon drin?«

»Nein, aber ich kannte mal einen, mit dem haben sie das gemacht.« Walter Schmied stand auf und lief durch die kleine Zelle. »Der ist nach seiner Entlassung gleich zurück nach Deutschland.« Er blieb stehen: »Hast du Familie, mein Junge?«

Andreas nickte.

»Und hat deine Frau eine Arbeit?«

Andreas verneinte und sein Zellengenosse fuhr fort. »Meine auch nicht. Wir können die Miete gerade so bezahlen, du weißt ja, wie das ist. Wenn ich jetzt die Arbeit verliere, sitzen wir auf der Straße. Und was wird, wenn ich länger hier drin bin, was wird dann aus meiner Frau?« Walter Schmied setzte sich wieder auf seine Pritsche und schlug die Hände vors Gesicht.

Andreas begann, über seine eigene Lage nachzudenken. Die *Arbeiter-Zeitung* war anscheinend geschlossen worden, dort gab es wohl keine Arbeit mehr für ihn. Bei den anderen Zeitungen in Chicago brauchte er gar nicht erst anfragen. Sollten sie lieber nach Milwaukee umziehen? Darüber hatte Andreas schon mehrmals mit Sophie gesprochen, denn er mochte den Verleger der dortigen *Arbeiter-Zeitung*, der ein Marxist war und Chicago verlassen hatte, nachdem die Anarchisten sich hier an die Spitze der Arbeiterbewegung gesetzt hatten. Aber was, wenn es auch in Milwaukee Verhaftungen gegeben hat? Sollten sie Sophies Stiefvater, der eine kleine Möbelfabrik betrieb, um Hilfe bitten? Nein, das kam nicht infrage! Oder zurück ins Dakota-Gebiet? Sie könnten bestimmt erst einmal auf der Farm seines Bruders Thomas wohnen. Möglicherweise könnte er auch wieder bei der *Dakota Zeitung* arbeiten, falls dort gerade ein Setzer gebraucht wurde.

Dass die Situation für ihn und seine Familie nicht aussichtslos war, wollte er Walter Schmied nicht sagen. Irgendwie trösten musste er den Genossen allerdings. »Warum würden sie uns denn länger einsperren? Wir haben doch mit der Bombe nichts zu tun.«

Walter Schmied nahm die Hände vom Gesicht und sah Andreas mitleidig an. »Du bist vielleicht naiv! Sag mir doch mal, warum wir hier in diesem Loch sitzen, wenn wir damit nichts zu tun haben?«

Andreas hatte darauf keine Antwort.

»Das hängen die uns allen an. Verschwörung nennen sie das, damit können sie uns alle an den Galgen bringen. Wer die Bombe geworfen hat, ist am Ende egal. Darum geht es ja auch gar nicht. Die haben Schiss bekommen. Du hast doch gesehen, was am 1. Mai auf der Michigan Avenue los war: achtzigtausend Arbeiter, die den Achtstundentag fordern! Stell dir mal vor, diese achtzigtausend würden die Villen der Kapitalistenschweine stürmen. Die hätten keine Chance zu entkommen, und das wissen sie nur zu gut.«

So etwas in der Art hatte Andreas auch zu Sophie gesagt, als sie das Meer aus roten und schwarzen Fahnen gesehen hatten und die Marseillaise in der ganzen Stadt zu hören war.

»Aber jetzt können sie uns alle auf einen Schlag loswerden«, begann sich Walter Schmied in Rage zu reden. »Und das Gesetz haben sie dabei natürlich auf ihrer Seite!« Er lachte bitter. »Ja, mein Junge, das kann schlimm ausgehen, nicht nur für uns, sondern auch für unsere Familien.«

Andreas schmerzte der Kopf. Er hätte auf Sophie hören und nicht zu der Kundgebung gehen sollen. Oder wenn er doch nur Albert Parsons und den anderen in die Kneipe gefolgt wäre, das hätte ihm sicher niemand übel genommen. Und wenn er nur unter dem Wagen herausgekrochen wäre, bevor der Polizist nach ihm griff. An dem Abend war alles schiefgelaufen und bis jetzt war es nicht besser geworden. Nach den Worten seines Zellengenossen zu urteilen, konnte es sogar noch viel schlimmer kommen.

10. Mai 1886

Anton Ziegelmann wollte gerade die Beine ausstrecken, als zwei breitschultrige Männer, die sich sehr ähnlich sahen, aber im Alter vielleicht zehn Jahre auseinander lagen, ins Zugabteil traten.

Der Jüngere ließ seinen großen Koffer einfach im Gang stehen und setzte sich, nur flüchtig einen Gruß nickend, auf die Bank gegenüber. Der Ältere, vielleicht Ende vierzig und mit wesentlich mehr grauen Haaren auf dem Kopf und im Schnauzbart, sagte: »Good morning!«. Er hob seinen Koffer auf die Gepäckablage, legte den Hut ab und nahm ebenfalls Platz. Die beiden waren ein wenig außer Atem und sagten zunächst einmal nichts weiter, sondern schnauften vor sich hin. In diesem Augenblick setzte sich der Morgenzug der Chicago, Milwaukee & St. Paul Railroad auch bereits in Bewegung.

»Glück gehabt«, murmelte der Ältere auf Deutsch.

»Gerade noch geschafft, was?«, versuchte Anton Ziegelmann ein Gespräch anzufangen, erfreut, dass seine Mitreisenden auch Deutsche waren.

Der Jüngere murrte unwirsch, der Ältere antwortete jedoch nicht unfreundlich: »Das kann man wohl sagen.«

»Fahren Sie auch nach Chicago?«

Der Ältere nickte, der Jüngere sah wortlos aus dem Fenster.

»Gestatten, Anton Ziegelmann, Handelsreisender.«

»Jack Hunhoff. Und das ist mein Bruder Bob.«

»Sehr angenehm.« Anton Ziegelmann zog zwei Prospekte unter den Zeitungen hervor, die auf dem Sitz neben ihm lagen, und reichte je eines an Jack und Bob.

»McCormick Landmaschinen«, las Bob halblaut und schaute seinen Bruder vielsagend an.

Jack wusste Bobs Blick zu deuten. Dutzende Male hatten sie beide mit ihren Kollegen vor den Toren von McCormick stehen und Streikbrecher vor den wütenden Arbeitern des größten Landmaschinenherstellers schützen müssen. Sie wurden gewöhnlich gerufen, wenn die Pinkertons, die Privatpolizisten, die McCormick zum Schutz der Streikbrecher einsetzte, mit den Arbeitern nicht mehr fertig wurden. Oft flogen Steine und John Bonfield, der in der Regel das Kommando hatte, befahl ihnen dann, mit Schlagstöcken auf die Arbeiter loszugehen. Die Arbeiter ihrerseits sahen in den Polizisten willige Erfüllungsgehilfen des Fabrikbesitzers und verhielten sich daher nicht weniger brutal. Erst wenn Schüsse fielen und einige Arbeiter zu Boden gingen, wich die wütende Menge zurück und die Streikbrecher, meistens verängstigte Neuankömmlinge aus Osteuropa, gelangten auf das Fabrikgelände.

Bob hatte danach immer über Bonfield geschimpft, der keinerlei Hemmungen beim Einsatz von Gewalt hatte. »Hast du gewusst, dass der mal von Arbeitern eingekesselt, entwaffnet und bis auf die Unterhose ausgezogen wurde?« Kein Wunder, dass Bonfield die Arbeiter so sehr hasste. Und jetzt hatte es erneut Tote vor den Toren von McCormick gegeben und am Tag darauf dann die Explosion auf dem Haymarket. Und beide Male hatte Bonfield, das war den Zeitungsberichten zu entnehmen, wieder das Kommando gehabt.

Der Zug ratterte über die Brücke, die den Mississippi zwischen Minneapolis und St. Paul überspannte. Auf dem Fluss herrschte reger Betrieb und am Ufer, an dem sich Getreidemühlen, Silos, Sägewerke und Holzlager dicht an dicht aneinanderreihten, lagen zahlreiche Lastkähne festgezurrt. Auf den Höfen der Mehlfabriken entluden Arbeiter Weizen aus Eisenbahnwaggons und aus einem Sägewerk rollte ein Zug mit drei Dutzend Güterwagen, alle mit Brettern beladen. So war hier der Gang der Dinge: Die Farmer in Minnesota und im Dakota-Gebiet lieferten den Weizen und mit dem Geld, das sie in guten Erntejahren erwirtschafteten, kauften sie Balken und Bretter, um Häuser, Scheunen und Ställe zu bauen. Und die kleinen Städte in der Prärie wuchsen ebenfalls und brauchten laufend Baumaterial.

»Die größte Mühle der Welt«, versuchte Anton Ziegelmann das Gespräch wieder in Gang zu bringen, und deutete auf die mit sieben Stockwerken alles überragende Pillsbury-Fabrik auf der Minneapolis-Seite. »Fünftausend Barrel Mehl können dort täglich produziert werden.«

Bevor Jack etwas erwidern konnte, sprach sein Gegenüber bereits weiter: »Aber in Chicago ist das nichts Besonderes. Da produzieren Hunderte Fabriken in dieser Größenordnung. Und die Hotels und Büros im Stadtzentrum werden mit elektrischem Licht beleuchtet. Das gibt's hier noch nicht.«

Bob brummelte irgendetwas vor sich hin, während er aus dem Fenster blickte. Jack hatte nicht ganz verstanden, was sein Bruder gesagt hatte, ihm war allerdings, als hätte er das Wort Blutsauger herausgehört. Damit lag er wohl nicht falsch, denn der Landmaschinenvertreter sah Bob überrascht an. »Wie belieben, der Herr?«

Bob wandte sich dem Mitreisenden zu und Jack ahnte nichts Gutes. Da sagte Bob auch schon: »Die Stadt der Blutsauger, das ist Chicago.«

Anton Ziegelmann verschlug es für einen Moment die Sprache. Wer waren diese Männer? Diese Wortwahl kannte er aus Chicago, und zwar von den Kommunisten und Anarchisten, denn die veranstalteten ja ständig Kundgebungen vor der Fabrik von McCormick und ihre Redner waren nicht zu überhören. Hier jedoch hatte er nicht damit gerechnet. Am besten war es wohl, diese Bemerkung einfach zu ignorieren. Er griff nach einer Zeitung, schlug sie auf und versteckte sich dahinter.

Jack studierte die Titelseite der deutschsprachigen Tageszeitung *Freie Presse*, die sich Anton Ziegelmann nun vor die Nase hielt. »Staatsanwalt bereitet Anklage vor«, lautete die Schlagzeile über einem vierspaltigen Artikel. Jack beugte sich ein wenig vor, um den ersten Absatz zu lesen: »Nach der barbarischen Bluttat auf dem Haymarket Square hat die Polizei Dutzende Anarchisten verhaftet, unter ihnen auch deren Rädelsführer August Spies. Nach Albert Parsons wird noch gesucht. Eine Ergreifung steht unmittelbar bevor, zeigt sich Chefinspektor John Bonfield zuversichtlich. ›Keiner der Schuldigen wird ungeschoren davonkommen‹, sagte er unserem Reporter. ›Ich habe vollstes Vertrauen, dass Captain Schaack die Schuldigen überführen wird.‹«

Jack lehnte sich zurück und schloss kurz die Augen. Er atmete tief durch. Nun fuhren sie also wirklich nach Chicago. Seitdem er den Polizeidienst quittiert hatte und nach Westen ins Dakota-Gebiet gegangen war, hatte er Chicago nur einmal besucht, nämlich zur Beerdigung der Mutter vor fünf Jahren.

Die Mutter war es, die ihn dazu gebracht hatte, Chicago zu verlassen. Eines Abends, als sie zu dritt beim Essen saßen, holte sie einen Zeitungsausschnitt hervor, auf dem eine Stellenanzeige mit Bleistift angestrichen war. Jack war sofort besorgt gewesen. Hatte sie etwa vor, wieder arbeiten zu gehen? Er wollte es ihr ausreden, denn sie war zu schwach dafür. Nach dem Tod des Vaters hatte sie jahrelang in einer Textilfabrik geschuftet. Als sie das Tempo nicht länger mithalten konnte, entließ man sie kurzerhand. Danach putzte sie bei deutschen Geschäftsleuten das Haus. Im Winter holte sie sich eine Lungenentzündung, als sie im Schneesturm stundenlang zu Fuß nach Hause lief, weil die Straßenbahn den Betrieb eingestellt hatte. Der Husten war nicht wieder weggegangen und eine Arbeit gab es für sie nicht mehr. Mit den jungen Frauen, die zu Tausenden aus Deutschland, Böhmen und Polen nach Chicago strömten, konnte sie nicht konkurrieren. Die Stellenanzeige war jedoch für Jack und Bob bestimmt. Eine Freundin der Mutter, die mit ihrem Mann in eine neu gegründete Stadt namens Watertown im Dakota Territory gezogen war, hatte ihr die Ausschreibung für die Sheriffstelle des Landkreises geschickt. Männer mit mindestens fünf Jahren Polizeierfahrung sollten sich melden. Das traf sowohl auf Bob als auch auf Jack zu, denn sie hatten schon beinahe sechs Jahre in Chicago bei der Polizei gearbeitet. Aber das Dakota Territory? Dort, einige Hundert Meilen westlich von Chicago, war doch nichts als Prärie, die gerade zur Besiedlung freigegeben worden war. Sie sahen die Züge mit den Einwanderern aus Europa jeden Tag durch Chicago fahren. Einmal hatte sich Jack mit einem Bauern aus Pommern unterhalten, der einfach nicht begreifen konnte, warum die Leute in Chicago blieben und unter schlechten Bedingungen arbeiteten, statt ins Dakota-Gebiet zu gehen, wo sie kostenloses Land bekommen konnten. Und jetzt wollte seine Mutter, dass sie auch dorthin gingen. Bob hatte gleich abgewunken und damit war die Sache für ihn erledigt gewesen, Jack indes sah sich die Ausschreibung ein paar Tage später noch einmal an, nachdem er sich wieder mit streikenden Arbeitern prügeln musste.

»Bewirb dich, mein Junge«, hatte die Mutter ihm zugeredet. »Auf dem Land ist es doch viel friedlicher, nicht wie hier, mit den ganzen Streiks und all den Arbeitslosen.«

»Und ich soll dich und Bob einfach hier zurücklassen?«

»Wir können ja nachkommen, sobald du dich eingerichtet hast.«

Dazu kam es jedoch nicht. Die Mutter starb ein halbes Jahr später und Bob blieb noch ein Jahr in Chicago, bis die Lage für ihn zu brenzlig wurde, weil seine Vorgesetzten Wind davon bekommen hatten, dass er in Anarchistenkreisen verkehrte. Eine Entlassung war sicher und er musste damit rechnen, dass ihm Kollegen im Dunkeln auflauerten. Er folgte deshalb Jack kurzentschlossen und ließ sich als Farmer nieder. Seine radikalen Ansichten brachte Bob allerdings mit ins Dakota-Gebiet und er beeinflusste damit Andreas Brenner, den Sohn seiner Nachbarn. Und jetzt saß Andreas in Chicago im Gefängnis, zweifellos unschuldig. Wie Bob es schaffen wollte, Andreas da rauszuholen, war Jack schleierhaft.

Der Zug erreichte Chicago am späten Nachmittag. Jack und Bob brachten ihre Koffer zur Gepäckaufbewahrung, traten aus dem Bahnhof und gingen die Canal Street hoch. Kurz vor der Kreuzung mit der Washington Street blieb Jack stehen. Er glaubte, seinen Augen nicht zu trauen: Eine Straßenbahn überquerte wie von Geisterhand bewegt die Kreuzung. »Wo sind denn die Pferde?«, murmelte er. Bob, der nun zwei, drei Schritte voraus war, sah sich um und bemerkte Jacks erstaunten Blick. Er lachte, kam zurück und schlug Jack auf die Schulter. »Man merkt, du bist schon länger aus Chicago fort. Die Wagen werden jetzt von einem Kabel bewegt. Komm, ich zeig es dir.« Sie gingen über die Straße und Bob deutete auf einen Spalt zwischen den Gleisen, der ungefähr drei Finger breit war.

»Siehst du, da unten ist das Stahlkabel, das ist ein paar Meilen lang und verläuft in einer Loop, wie heißt das noch auf Deutsch?« Er überlegte kurz. »Ach ja, Schlaufe. Das Kabel wird von einer riesigen Dampfmaschine am Laufen gehalten und die Straßenbahn kann sich mit einer Greifvorrichtung daran festhalten und ziehen lassen.« Bob griff Jacks Handgelenk mit starker Hand. »Etwa so. An den Haltestellen lässt sie dann einfach los und bremst.«

»Was es so alles gibt.« Mehr brachte Jack nicht heraus.

Sie liefen weiter die Canal Street entlang und Bob meinte: »Einige andere Städte haben sich das mittlerweile von Chicago abgeguckt und eines Tages wird es sicher überall Kabelbahnen geben. Wer weiß, vielleicht sogar in Neufeld?«

Jack war von der langen Bahnreise, die mehr als einen Tag gedauert hatte, erschöpft und die geschäftige Großstadt, in der er seit Jahren nicht gewesen war, überforderte ihn ein wenig. Es war hier deutlich lauter als in Neufeld, es stank und es waren natürlich viel mehr Menschen unterwegs, zu Fuß und mit unterschiedlichsten Fuhrwerken. Auch die Gebäude schienen wesentlich höher zu sein als früher. Oder kam ihm das nur so vor, weil er die letzten Jahre inmitten von Feldern und in kleinen Präriestädten verbracht hatte?

Jack ließ Bob einfach reden. »Die meisten Bahnen werden aber immer noch von Pferden gezogen.« Der Bruder deutete auf eine vertraute Straßenbahn, die an der Ecke zur Milwaukee Avenue wartete. »Los, damit fahren wir zu Sophie.«

Sie rannten die letzten Schritte und die Bahn setzte sich in Bewegung, kaum dass sie eingestiegen waren und dem mürrischen Schaffner jeweils fünf Cent Fahrgeld in die Hand gedrückt hatten. Sie würden eine Weile brauchen, die Milwaukee Avenue war viele Meilen lang und bis zur Wohnung von Andreas und Sophie dauerte die Fahrt bestimmt eine halbe Stunde.

Jack sah aus dem Fenster: Diese Straße sah aus wie früher, sie wurde von zwei- und dreigeschossigen Häusern gesäumt, die alle im Erdgeschoss einen Laden oder eine Kneipe hatten. Die meisten Geschäfte trugen einen deutschen Namen und die Aufschriften auf den Schaufenstern waren zum Teil auch auf Deutsch. Der Nordwesten von Chicago war praktisch eine deutsche Großstadt innerhalb der zweitgrößten Stadt Amerikas.

Jack dachte an sein Leben in Chicago und nahm gleichzeitig die zahlreichen Männer in blauen Uniformen auf den Bürgersteigen und an den Straßenecken wahr. Die Polizisten waren zu zweit oder zu dritt unterwegs und hatten angespannte Gesichter. Neben dem Blau der Polizistenuniformen prägte aber vor allem die abgerissene Kleidung der Arbeits- und Obdachlosen das Straßenbild. Drei Jahre dauerte diese erneute Wirtschaftskrise jetzt schon an. Die Zeitungen sprachen von mehr als dreißigtausend Arbeitslosen in Chicago. Viele der Kneipen, an denen die Straßenbahn vorbeifuhr, hatten Schilder im Schaufenster hängen, die kostenloses Essen versprachen, wenn man ein 10-Cent-Bier kaufte. So ging das Trinken Hand in Hand mit dem Überlebenskampf der Mittellosen.

»Das erinnert mich an 1877«, meinte Bob, der wie Jack die Leute auf der Straße beobachtete. »Kein Wunder, dass das Fass wieder übergelaufen ist.«

Jack hatte lange nicht an den Juli 1877 gedacht. Damals wäre es in Amerika beinahe zur Revolution gekommen. Der Streik der Eisenbahner erfasste das ganze Land wie ein Präriebrand und Arbeiter vieler Industrien schlossen sich an. Die Armee brauchte mehrere Tage, um den Aufstand niederzuschlagen. Auch in Chicago wurde gestreikt und es kam zu heftigen Kämpfen, bei denen die Soldaten, die nur wenige Tage zuvor im Dakota-Gebiet mit Indianern gekämpft hatten, zwei Dutzend Arbeiter erschossen. Bob fing danach an, mit den Sozialisten zu sympathisieren.

Jack wusste, dass Bobs Aufenthalt in der Stadt, insbesondere in dieser gespannten Lage, nicht ohne Risiko war. Er hatte seinem Bruder daher bei der Abfahrt geraten, sich nicht mehr zu rasieren und einen Vollbart wachsen zu lassen. Das würde sicher noch einige Tage dauern; heute sah er erst einmal den Obdachlosen nicht unähnlich. Wie die meisten Farmer trug er das Haar etwas länger, um im Sommer den Nacken besser vor der brennenden Sonne zu schützen. Wie ein Polizist sah er jedenfalls nicht mehr aus, aber wer ihn kannte, würde ihn bei genauem Hinsehen bestimmt noch erkennen. Jack musste sich kaum Sorgen um seine eigene Person machen, denn er hatte den Polizeidienst und Chicago im Guten verlassen. Viele seiner ehemaligen Kollegen waren jetzt sicher auch gar nicht mehr da.

Sie stiegen aus und Jack kaufte bei einem Zeitungsjungen die aktuelle Ausgabe der *Chicago Tribune*. Eine Karikatur auf der Titelseite zeigte die drei Redner der Haymarket-Kundgebung, August Spies, Albert Parsons und Samuel Fielden, und einen weiteren Mann hinter Gittern. Bob sah sich die Zeichnung an und meinte, der vierte Mann sei der stellvertretende Chefredakteur der *Arbeiter-Zeitung*, Michael Schwab. In einer kleineren Zeichnung darunter waren vier Galgenschlingen zu sehen, in einem Bild daneben standen Grabsteine mit den Initialen der Anarchisten. »Wie schon gesagt, Marshall Field und Konsorten haben nach einem Anlass gesucht, um die Arbeiterbewegung ein für alle Male aus der Welt zu schaffen«, sagte Bob aufgebracht. »Das ist so offensichtlich, dass es zum Himmel stinkt!«

Jack überflog den Leitartikel im Gehen. Darin war die Rede von einer anarchistischen Verschwörung, getragen von Einwanderern, an deren Spitze die vier Genannten standen.

35

Die Zeitung forderte ihre Hinrichtung sowie die unnachgiebige Ausrottung des Anarchismus.

Bob zog Jack plötzlich in einen Hauseingang.

»Was ist los?«, fragte Jack.

»Ich glaube, Sophie hat Besuch.«

Sie schauten vorsichtig um die Ecke und sahen, wie zwei Männer in Uniform Kisten mit Büchern auf einen Wagen luden. Zum Schluss kam ein Mann in Zivil aus dem Haus und beaufsichtigte die beiden, bevor alle drei auf den Wagen stiegen und davonfuhren.

»War das nicht Jacob Loewenstein?«, fragte Jack.

»Von unserer Wache?«

»Ja, ich bin mir ziemlich sicher.«

»Hat sich wohl hochgearbeitet, wenn er jetzt in Zivil rumläuft.«

Sie warteten, bis die Polizisten außer Sichtweite waren, und gingen dann langsam zu dem Haus. Richtig, es war die Nummer 701, hier wohnten Andreas und Sophie und der Besuch musste ihnen gegolten haben. Jack und Bob betraten den muffigen, dunklen Hausflur, stiegen die Treppe hinauf und teilten sich die Arbeit beim Entziffern der handgeschriebenen Namensschilder in der ersten und zweiten Etage, bis Jack im dritten Stock endlich den Namen Brenner entdeckte. Das Schild war das einzige im Haus, das, wie es sich für einen Setzer gehörte, gedruckt war. In der Wohnung weinte ein Kind. Jack rief seinem Bruder, der gerade die Treppe hochkam, ein leises »Hier ist es!« zu und klopfte an der Tür. Als sich drinnen nichts tat, wiederholte er sein Klopfen etwas energischer. »Was wollen Sie denn jetzt noch?«, hörte er Sophie rufen, unmittelbar bevor sie die Tür einen Spalt breit öffnete. Sie trug einen Mantel und hatte ein weinendes Kind auf dem Arm. Es dauerte einen Augenblick, bis sie Jack und Bob im halbdunklen Flur erkannte. »Gott sei Dank!«, flüsterte sie und machte die Tür weit genug auf, um die beiden hereinzulassen. »Ich muss zu Andreas. Sie halten ihn in der Chicago Avenue fest. Ich habe eben erst erfahren, dass er dort ist. Die Polizei war gerade wieder hier und hat fast alle Bücher mitgenommen«, sprudelte es aus ihr heraus. Sie führte Jack und Bob in das kleine Wohnzimmer. Einige Bände lagen auf dem Boden vor einem leeren Bücherschrank, der von der Wand abgerückt worden war. Auch die übrigen Möbel, ein einfaches Sofa, zwei gepolsterte Stühle und ein Tisch, schienen nicht an ihrem üblichen Platz zu stehen.

»Sie sind vorher schon mal hier gewesen?«, fragte Bob.

»Ja, am Mittwoch, ganz früh. Da haben sie die ganze Wohnung auf den Kopf gestellt. Aber wo Andreas war, haben sie nicht gesagt, nur dass er verhaftet wurde. Die ganze Nacht hatte ich gewartet, weil er nicht nach Hause gekommen war.«

»Wonach haben sie denn gesucht?«

»Einer von ihnen hat etwas von Dynamit gesagt.«

»Hier? Bei euch?«

»Ja, ich dachte auch, die sind verrückt. Später habe ich dann erfahren, dass sie überall gesucht haben. Bei der *Arbeiter-Zeitung* haben sie angeblich was gefunden und alle, die dort waren, haben sie mitgenommen. Johanna Fischer sagt, die Polizei fälscht Beweise.«

Bob nickte. »Das traue ich ihnen ohne Weiteres zu. Aber wer ist Johanna Fischer?«

»Die Frau von Andreas' Vorarbeiter in der Setzerei. Er war auch auf der Kundgebung, ist allerdings erst am nächsten Tag verhaftet worden. Johanna meint, es war gar kein Anarchist, der die Bombe geworfen hat.«

»Das denke ich auch«, sagte Bob. »Das Ganze ist doch ein Geschenk des Himmels für das Fabrikantengesindel und der Blitz soll mich erschlagen, wenn die da nicht nachgeholfen haben.«

Sophie nickte.

Jack fragte: »Andreas ist also auf der Wache in der Chicago Avenue?«

»Ja, der Lieutenant, der eben hier war, hat's gesagt.«

»Loewenstein?«

»Ja, so hieß der. Aber woher ...«

»Wir haben ihn aus dem Haus kommen sehen. Ein alter Kollege. Er hat dir also verraten, wo Andreas ist?«

»Ja, ich habe ihn angefleht, mir zu sagen, wo Andreas ist und wie es ihm geht.«

»Und was hat er gesagt?«

»Erst hat er gemeint, er dürfe mir das nicht mitteilen. Nachdem die beiden anderen mit den Büchern aus der Tür waren, hat er sich dann umgedreht und gesagt, Andreas sei in der Chicago Avenue und es ginge ihm gut.« Sophie setzte sich mit dem Kind im Arm auf das kleine Sofa. »Ich hatte mir solche Sorgen gemacht, die Polizei soll minutenlang in die Menge geschossen haben. Zweihundert Polizisten gegen dreihundert Demonstranten, sagen die Leute.«

Bob fragte: »Warum hast du uns denn nicht eher Bescheid gegeben?«

»Ich dachte, sie lassen Andreas gleich wieder frei, weil er doch mit alldem nichts zu tun hat. Adolph Fischer hatte ihn laufend gedrängt, sich eine Waffe zu kaufen, aber Andreas wollte das nicht. Wir hatten schon überlegt, nach Milwaukee zu gehen, die Sozialisten dort sind nicht so radikal und es gibt auch eine *Arbeiter-Zeitung*, da könnte Andreas arbeiten. Wir wollten nur noch zwei, drei Monate warten, bis Ella ein bisschen größer ist.« Sie streichelte dem Kind, das sich nun beruhigt hatte und Jack und Bob neugierig mit leuchtend blauen Augen anschaute, über den Kopf.

»Der Grottkau ist dort, nicht wahr?«, fragte Bob. Sophie nickte und Bob sagte zu Jack gewandt: »Der war früher hier in Chicago bei der *Arbeiter-Zeitung*. Kluger Mann, Marxist durch und durch, der hat hier mal mit Johann Most diskutiert, das ist hinterher sogar als Buch erschienen.«

»*Anarchie oder Kommunismus*«, erwiderte Sophie. »Andreas hat es mehrmals gelesen.« Sie deutete auf den leeren Schrank: »Wir hatten eine richtige revolutionäre Bibliothek.« Sie sah Bob an und lächelte ein wenig. »Die war schon umfangreicher als deine.«

»Ja, meine Bücher.« Bob kratzte sich den ungewohnten Bart. »Sein Vater gibt mir die Schuld, ich hätte Andreas auf die falsche Bahn gebracht.«

»Stimmt doch. Ohne dich hätte er von all diesen Dingen nichts gewusst.«

»Der Kampf für eine gerechte Sache gereicht jedem zur Ehre.«

Jack konnte nicht umhin, die Augen zu verdrehen. Diesen Satz hatte er schon zu oft von seinem Bruder gehört.

»Das hat Andreas auch gesagt, als mein Stiefvater ihn danach gefragt hat, warum er für das Kommunistenpack arbeitet. Der wollte ihm eine Stelle bei der *Freien Presse* besorgen, aber das kam für Andreas nicht infrage.«

»Kann dein Stiefvater in der jetzigen Situation nicht helfen?«, fragte Jack.

»Wir haben ihn ewig nicht gesehen. Andreas und er haben sich bei jeder Begegnung gestritten. Der hilft uns bestimmt nicht.«

Bob wandte sich seinem Bruder zu. »Du solltest morgen gleich mal zu Schaack gehen und sehen, was du in Erfahrung bringen kannst.«

Jack sah ihn skeptisch an. »Ich kann ihn doch wohl schlecht verhören.«

»Sicher kannst du das. Er muss nur denken, du stellst ihm Fragen für einen Artikel. Zeig ihm einfach dein Schreiben von der *Dakota Zeitung*, dann wird er schon gesprächig.«

»Und was mache ich, wenn er nach meinem Bruder fragt?«

»Wenn er nach mir fragt, sag ihm einfach, ich bin jetzt Farmer im Dakota-Gebiet.«

»Wir müssen damit rechnen, dass er mich observieren lässt, weil er vermutet, du könntest auch in der Stadt sein.«

»Glaubst du wirklich? Denkst du nicht, er hat gerade alle Hände voll zu tun?«

»Bei einem wie Schaack können wir nicht vorsichtig genug sein.«

»Dann sollten wir uns nur einmal am Tag treffen.« Bob überlegte kurz. »Wie wäre es mit dem Lincoln Park Zoo? Vielleicht täglich gegen vier?«

»Wenn er mitbekommt, dass ich jeden Nachmittag in den Zoo gehe, wird er stutzig. Aber morgen machen wir es erst mal so. Und falls einer von uns verhindert ist, treffen wir uns dort am nächsten Tag. Danach überlegen wir uns einen anderen Treffpunkt.«

»Und was machst du jetzt?«

»Ich fahre zur Bibliothek und studiere die Zeitungen der letzten Tage. Die Informationen werden nicht zuverlässig sein, aber womöglich gibt es ja Namen, die immer wieder auftauchen.«

»Gute Idee. Wenn die Leute mit den Reportern von hier reden, sind sie sicher auch bereit, sich mit dir zu unterhalten. Ich werde mich inzwischen mal in den Arbeiterkneipen umhören.«

Jack fuhr mit der Straßenbahn zurück in die Stadtmitte und ging einige Schritte zum riesigen Rathaus, in dem auch die Chicago Public Library und die Central Police Station, die zugleich als Polizeipräsidium fungierte, untergebracht waren. Zunehmend keuchend stieg er zur Bibliothek im fünften Stock hinauf. Nach sechs Jahren auf dem flachen Lande war er außer Übung, was das Treppensteigen betraf.

Im Lesesaal wies er sich als Reporter der *Dakota Zeitung* aus und ließ sich alle Ausgaben der Lokalzeitungen geben, die seit der Explosion auf dem Haymarket erschienen waren. Die Zahl der getöteten Polizisten war im Laufe der Tage auf fünf gestiegen und drei Dutzend lagen mit zum Teil schweren Verletzungen im Krankenhaus. John Bonfield wurde täglich zitiert: Man habe es nicht mit einem Einzeltäter zu tun, sondern mit einer groß angelegten anarchistischen Verschwörung.

Ein Anwalt ließ die *Chicago Times* wissen, dass wegen der Art des Verbrechens kein Gerichtsverfahren nötig sei und die Schuldigen sofort ihrer gerechten Strafe zugeführt werden könnten. In der *Chicago Tribune* teilte ein Aktienbroker mit, seine Kollegen und er wären willens, sämtliche Anarchisten umgehend an den nächsten Laternenmasten aufzuhängen. Und die *Daily News* warnte vor weiteren geplanten Anschlägen. Alle drei Zeitungen riefen wiederholt dazu auf, alle sozialistischen Vereinigungen und Aktivitäten zu verbieten und die »fremdgeborenen Kommunisten« nach Europa zurückzuschicken. Die deutschsprachige *Freie Presse* wurde nicht müde, die Treue der deutschen Einwanderer zu ihrer neuen Heimat zu betonen, und übertraf die englischsprachigen Blätter darin, die Polizei in den höchsten Tönen zu loben und ein gnadenloses Vorgehen gegen Gewerkschaften und Sozialisten jeder Art, die sie den »Abschaum Europas« nannte, zu fordern. Mehrfach fand Jack die Zahl von zweihundert Verdächtigen, die von der Polizei verhaftet worden waren. Bob hatte also mit seiner Vermutung, dass erst einmal eine ganze Menge Leute festgenommen wurden, recht gehabt. Chefermittler Schaack war wahrscheinlich gerade dabei, die Spreu vom Weizen zu trennen. Eigentlich müsste Andreas bald freikommen.

An den Fensterscheiben zeigten sich Regentropfen und es war mittlerweile auch ein wenig dunkel im Lesesaal geworden. Jack sah, wie ein Mitarbeiter der Bibliothek von seinem Schreibtisch aufstand und an einem Knopf drehte. Auf einen Schlag leuchteten mehrere Lampen an den Wänden auf. Es dauerte einen Augenblick, bis Jack begriff, dass es sich um elektrisches Licht handelte. Er hatte das noch nie gesehen. Dass man die Lampen alle gleichzeitig anschalten konnte und nicht mehr jede Gaslampe einzeln anzünden musste, beeindruckte ihn sehr und brachte ihn völlig von seiner Zeitungslektüre ab. Erst Straßenbahnen ohne Pferde und jetzt auch noch elektrisches Licht; diese Stadt, die er vor ein paar Jahren verlassen hatte, war voller technischer Neuerungen.

Jack beendete sein Zeitungsstudium, denn er musste sich endlich um ein Hotelzimmer kümmern und vorher auch noch seinen Koffer vom Bahnhof abholen. Beim Hinausgehen trat er dicht an eine der Lampen heran. In einem Glaskolben befand sich ein leuchtender Faden, das war wohl die Elektrizität. Das Treppenhaus war ebenfalls elektrisch beleuchtet und Jacks Blick wanderte beim Hinuntergehen von Lampe zu Lampe.

Auch auf dem Weg zum Bahnhof kam er aus dem Staunen nicht heraus, er passierte mehrere Gebäude mit einer Höhe, wie er sie noch nie gesehen hatte. Ein schnelles Zählen ergab, dass die Häuser zehn Stockwerke hatten. Ein gut gekleideter Herr mit Regenschirm blieb kurz neben Jack stehen und sagte lächelnd: »Beeindruckend, nicht wahr?« Jack bejahte und der Herr bemerkte beim Weggehen: »Die Zeitungen nennen diese Gebäude Wolkenkratzer.«

Komisches Wort, dachte Jack und setzte seinen Weg ebenfalls fort. Als er endlich den Bahnhof erreichte, goss es in Strömen. Bis auf die Knochen nass wartete er frierend im zugigen Gang vor der Gepäckaufbewahrung. Jetzt wollte er nicht noch in der Stadt herumlaufen, um eine preiswerte Unterkunft zu finden. Kurzentschlossen lief er nach Erhalt seines Koffers zu dem kleinen Hotel gleich gegenüber vom Bahnhof. Das Gebäude hatte eine sehr schmale Vorderseite mit einem Restaurant im Erdgeschoss, jeweils drei Fenster in den beiden Etagen darüber und vier kleinere Fenster im obersten Stockwerk. Die schmale Fassade täuschte wahrscheinlich und das Hotel erstreckte sich, wie die meisten Häuser in Chicago, weit nach hinten. »Dowling House« stand in großen Buchstaben an dem Gebäude. Das Restaurant im Erdgeschoss hieß Keane & Kelly, es handelte sich also zweifelsfrei um ein irisches Etablissement. Jack sollte es recht sein, denn die Iren stellten die Mehrheit der Chicagoer Polizisten und diese Unterkunft würde keinen Verdacht erregen, falls jemand Nachforschungen über ihn anstellen sollte.

Der Preis für die Übernachtung betrug einen Dollar, teilte ihm der Wirt, ein rundlicher Ire um die fünfzig, mit. Mit dem Geld, das Herbert Schell ihm mitgegeben hatte, könnte Jack hier also gut zwei Monate bleiben. Beim Ausfüllen des Anmeldeformulars wurde Jack Zeuge einer Unterhaltung zwischen dem Wirt und einem Mann, der sich für eine Brotlieferung bezahlen ließ und der, seinem Akzent nach zu urteilen, Deutscher war.

»Geht es deinem Sohn besser?«, fragte der Wirt.

»Ja, aber er muss noch im Krankenhaus bleiben. Und dein Neffe?«

»Der ist heute entlassen worden. Zum Glück ist er nur an den Beinen verletzt.«

»Meinem Christian haben diese Verbrecher in den Rücken geschossen. Die Ärzte im deutschen Hospital sagen, er hätte Glück gehabt. Die Kugel ist nur knapp am Herz vorbeigegangen.«

Jack nahm sich beim Ausfüllen des Formulars Zeit. In dem Gespräch ging es zweifelsfrei um verletzte Polizisten.

»Das undankbare Pack sollte man gleich hängen.« Der Ire schlug mit der Faust auf den Tresen. »Kommen nach Amerika, schwingen jahrelang ihre hetzerischen Reden und jetzt ermorden sie auch noch unsere Jungs!«

Der Deutsche nickte. »Und sie bringen alle redlichen Einwanderer in Verruf.«

Jack war mit dem Formular fertig und reichte es dem Iren, zusammen mit sieben Dollar. Er hatte sich entschieden, erst einmal eine Woche in diesem Hotel zu bleiben. Der Wirt machte eine zufriedene Miene und Jack packte die Gelegenheit beim Schopf: »Meine Herren, entschuldigen Sie bitte, ich kam nicht umhin, Ihre Unterhaltung mit anzuhören. Ich nehme an, Ihr Neffe«, er sah den Iren an, »und Ihr Sohn«, er nickte dem Deutschen zu, »waren auf dem Haymarket im Einsatz?« Die beiden sahen ihn skeptisch an und er fuhr fort: »Ich bin Reporter und ich würde gern mit Augenzeugen des Vorfalls sprechen.«

Der Ire fasste sich zuerst: »Bei welcher Zeitung arbeiten Sie denn?«

»Bei der *Dakota Zeitung*.«

»Ein deutsches Blatt?«

»Ja, in unserem Landkreis leben hauptsächlich deutsche Farmer.«

»Ich habe hin und wieder Gäste aus dem Dakota-Gebiet.« Die Augen des Iren begannen, vor Geschäftstüchtigkeit zu blitzen. »Sagen Sie, wenn Sie über meinen Neffen schreiben, können Sie dann auch erwähnen, dass sein Onkel das Dowling House Hotel gleich beim Bahnhof betreibt?« Jack verstand: Eine Hand wäscht die andere. In Chicago hatte sich offenbar nichts geändert.

»Ich sehe keinen Grund, das nicht zu erwähnen.«

»Gut. Mein Neffe kommt morgen Abend zum Essen her, so gegen sechs, da können Sie mit ihm sprechen.«

Jack bedankte sich und wandte sich dem Deutschen zu. »Vielleicht dürfte ich Ihren Sohn im Krankenhaus besuchen?«

Der Deutsche schien zu überlegen, wie er aus dieser Sache Kapital schlagen könnte, aber auf die Schnelle fiel ihm wohl nichts ein. Trotzdem stimmte er zu. »Gehen Sie ruhig zu ihm. Er liegt im deutschen Hospital in der Lincoln Avenue, Christian Metzger heißt er.«

Jack bedankte sich und stieg die Treppe zur zweiten Etage hoch. Sein kleines Zimmer befand sich ganz am Ende eines langen Ganges. Er hatte richtig vermutet: Die schmale Fassade des Hauses hatte darüber hinweggetäuscht, wie viele Zimmer das Hotel hatte. Erschöpft von der langen Reise und den Ereignissen der letzten zwei Tage zog er die nassen Sachen aus, holte trockene Unterwäsche aus seinem Koffer und kroch ins Bett. Er dachte kurz an seine Frau und schlief dann sofort ein.

11. Mai 1886

Gegen neun Uhr stand Jack vor der Chicago Avenue Police Station, einem zweistöckigen Gebäude mit vergitterten Kellerfenstern und einem Eckturm, der das Haupthaus um zwei Stockwerke überragte. Von den Anarchisten wurde die Respekt einflößende Polizeiwache »Schaacks Bastille« genannt, hatte ihm Bob erzählt. Jack war nervös, denn Schaack war nicht nur der Kommandant dieser Polizeiwache, sondern hatte wirklich den Ruf eines hervorragenden Kriminalisten. Jack dachte an seine eigenen mehr als mühsamen Ermittlungen, als er noch Sheriff in Watertown war. Schaack hätte diese Fälle sicher innerhalb von zwei oder drei Tagen aufgeklärt. Einem Spürhund wie ihm würde er nicht viel vormachen können, daher war es ratsam, so viel Wahres wie möglich zu erzählen und nur den tatsächlichen Anlass des Besuches zu verschweigen.

Jack betrat das Gebäude, trug dem Wachhabenden sein Anliegen vor und wurde zum Warten aufgefordert. Captain Schaack sei beschäftigt. Jack setzte sich auf den ihm zugewiesenen Stuhl gleich neben dem Ausgang und nahm sich die aktuelle *Chicago Tribune* vor, die er auf dem Weg hierher gekauft hatte. Auf der zweiten Seite war eine detaillierte Skizze des Tatorts abgedruckt, der sich anscheinend nicht direkt auf dem Haymarket, der genau genommen nur eine Verbreiterung der Randolph Street war, sondern gleich um die Ecke in der Desplaines Street befand. Jack beschloss, sich das heute Vormittag einmal selbst anzusehen.

Nach einigen Minuten ging die Tür zu einem Büro auf und zwei Männer kamen heraus. Den einen, er trug die Uniform des Chefinspektors, erkannte er sofort: Es war John Bonfield. Der andere Herr trug einen Anzug und setzte sich gerade seinen Hut auf. Schaack, ein gesetzter Mann mit Halbglatze und Schnauzbart, folgte den beiden. Gemeinsam schritten sie den Flur hinunter, auf Jack zu. Der hielt sich die Zeitung vors Gesicht, denn er hatte keine Lust, von Bonfield angesprochen zu werden. Über den Zeitungsrand spähend sah er, wie sich die Männer die Hand gaben. Der Herr in Zivil meinte: »Wie gesagt, Schaack, erst handeln und dann im Gesetzbuch nachschauen.«

»Habe verstanden, Sir«, antwortete Schaack.

Und Bonfield sagte beim Hinausgehen: »Das ist die einzige Sprache, die diese Verbrecherbande versteht.«

Nachdem sich die Tür hinter den beiden geschlossen hatte, senkte Jack die Zeitung und sein Blick traf den von Schaack.

»Und wen haben wir hier? Kenne ich Sie nicht?«, fragte Schaack in strengem Ton.

Jack stand auf. »Captain Schaack, mein Name ist Jack Hunhoff und ich ...«

»Jack Hunhoff? Waren Sie nicht mal Polizist hier in Chicago?«, fragte Schaack. Jack hatte geahnt, dass Schaack sich den Namen gemerkt hatte. Wahrscheinlich merkte er sich ohnehin alle Namen.

»Ja, bis Herbst neunundsiebzig. Ich bin dann ins Dakota-Gebiet gegangen.«

»Und was haben Sie da gemacht? Landwirtschaft betrieben?« Schaack schmunzelte ein wenig.

»Nein, ich war drei Jahre lang Sheriff und jetzt bin ich Zeitungsreporter. Deshalb bin ich hier, mein Verleger hat mich beauftragt, in Sachen Haymarket zu berichten, weil ich mich hier in Chicago auskenne.«

»Zeitungsreporter? Bei welchem Blatt?«

»Bei der *Dakota Zeitung*.« Jack zog Herbert Schells Schreiben aus der Innentasche seiner Jacke und gab es Schaack.

»Kein Kommunistenblatt, hoffe ich?«

»Nein, überhaupt nicht. Eine ganz normale Zeitung.«

Schaack gab Jack das Schreiben zurück und deutete ihm, mitzukommen. Nachdem sie sein Büro betreten hatten, forderte er Jack auf, die Tür zu schließen und sich zu setzen.

»Und warum sind Sie nicht mehr Sheriff?«

»Um ehrlich zu sein, ich hatte Schwierigkeiten bei der Aufklärung einiger Mordfälle und bin dann nicht wiedergewählt worden.«

Schaack lächelte milde, hatte er doch bereits Hunderte Mörder, Einbrecher und Räuber hinter Gitter gebracht. »Wenn Sie früher hier bei mir gearbeitet hätten, wäre Ihnen das bestimmt nicht passiert.«

Während Schaack das sagte, hatte er ein Notizbuch aus einer Schublade in seinem Schreibtisch geholt. Er blätterte darin und fuhr gleichzeitig fort. »Nun gut. Sie können zu den Presseterminen kommen, vielleicht lernen Sie ja was dabei und werden wieder Sheriff?«

Jack ging auf diese Stichelei nicht ein. Was wichtig war: Er würde über den Stand der Ermittlungen recht gut auf dem Laufenden sein. Das war schon mal was. Doch dann sah er, wie Schaack die Augenbrauen zusammenzog. Offenbar hatte er etwas in seinem Notizbuch gefunden. »Wie geht es denn Ihrem werten Herrn Bruder?«

Verdammt, das hatte Jack befürchtet. »Der ist jetzt Farmer.«

Jack blieb bei seiner Strategie. Schaack zu belügen, hatte keinen Sinn, das würde der sofort spüren. Also so dicht wie möglich an der Wahrheit bleiben.

»Farmer. Soso. Warum haben Sie denn eigentlich Chicago verlassen?«

»Wegen der Aufstiegschancen in Dakota. Wie gesagt, dort war ich Sheriff ...«

»Und der Herr Bruder ist Ihnen gefolgt?«

»Gewissermaßen.«

»Und haben sich seine politischen Ansichten mittlerweile geändert?«

»Ich weiß nicht, wir sprechen nicht über Politik.«

»Sie sehen ihn oft?«

»Meistens beim Gottesdienst.«

»Ein Anarchist in der Kirche? Das glaube ich nicht!«

»Wie gesagt, wir reden nicht über politische Angelegenheiten.«

»Und wie ist das mit den Bauern dort, streut er da die Saat des Anarchismus?«

»Ich verstehe nicht ...«

»Haben Sie Bakunin gelesen, Herr Hunhoff?«

»Wen?«

»Ein russischer Anarchist. Der hat ein Buch geschrieben, *Staatlichkeit und Anarchie*. Darin fordert er die Revolutionäre dazu auf, am Leben der Bauern teilzunehmen und so die Revolution ins Volk zu tragen.«

»Aber das Dakota-Gebiet ist doch nicht Russland!«

Schaack schwieg einen Augenblick und legte das Notizbuch zurück in die Schublade. »Na schön, was können wir schon für unsere Verwandten, nicht wahr? Schwarze Schafe gibt es in den besten Familien.«

»Ich kann meinem Chefredakteur also telegrafieren, dass ich über Ihre Ermittlungen berichten darf?«

»Ja, aber denken Sie daran: Nicht alles gehört an die Öffentlichkeit.« Schaack sah ihn prüfend an.

Jack wollte sich bedanken, aber in diesem Augenblick klopfte es und ein Mann in Zivil steckte seinen Kopf zur Tür herein: »Whalen ist am Telefon. Er hat die Bombenwerkstatt gefunden!« Schaack sprang auf und eilte aus dem Zimmer.

Auf dem Schreibtisch lagen Papiere. Jack sah zur Tür. Es war niemand zu sehen. Er erhob sich leicht und versuchte zu erspähen, was auf den Blättern stand.

»Haben Sie dort jemanden angetroffen?«, hörte er Schaack ins Telefon rufen. Jack trat schnell an den Schreibtisch heran.

»Wem gehört das Haus?«

Ein Blatt enthielt eine Liste mit Namen, einige waren durchgestrichen, andere abgehakt. Jack schaute erneut zur Tür und drehte den Zettel auf dem Tisch zu sich herum.

»Finden Sie heraus, wo die Kerle arbeiten, und rufen Sie dann wieder an.«

Jack überflog die Namen. Nichts. Auf der Rückseite fand er jedoch sofort den Eintrag »Brenner, Andreas – Schriftsetzer, *Arbeiter-Zeitung*«. Er stand ganz oben, weder durchgestrichen noch abgehakt.

»Packen Sie das ganze Zeug mit größter Vorsicht ein und bringen Sie es her!« Der Telefonhörer wurde mit lautem Geräusch auf die Gabel gehängt.

Jack legte das Blatt blitzschnell zurück, setzte sich hin und sah zur Tür, die alsbald von Schaacks rundlicher Statur ausgefüllt wurde.

»Kommen Sie morgen früh um 10 hier in die Wache zum Pressetermin.« Schaack stellte sich neben die Tür und bevor Jack etwas erwidern konnte, kommandierte er: »Jetzt muss ich Sie bitten, zu gehen, ich habe zu tun!«

Jack ging den breiten Bürgersteig der Desplaines Street entlang und genoss die Maisonne. Der Wind wehte in Richtung Westen und hielt die Rauchschwaden aus den Fabriken vom Stadtzentrum fern, sodass die Luft angenehm war. Er kam an der Arbeiterkneipe Zepf's vorbei, überquerte die Lake Street und hatte nun den Haymarket beinahe erreicht. Die zahlreichen Schussspuren an den Fassaden und an den Türen der umliegenden Gebäude waren nicht zu übersehen. Das eine oder andere Fenster war noch mit Brettern vernagelt, die meisten der zerborstenen Scheiben waren aber schon ersetzt worden. Auch die Bürgersteige auf beiden Seiten wiesen zahlreiche neue Bretter auf.

Jack blieb stehen und schlug die Zeitung auf, um die Skizze des Tatorts mit dem Ort, an dem er sich befand, zu vergleichen. An der Stelle, wo die Bombe offensichtlich explodiert war, hatte man die Straße bereits ausgebessert. Gegenüber auf der anderen Straßenseite waren mehrere Männer damit beschäftigt, eine Telegrafenleitung an einem neuen Mast zu befestigen. Die Ecke zum eigentlichen Haymarket war nur wenige Schritte entfernt.

Zwischen dem vierstöckigen Fabrikgebäude der Crane Brothers und einem dreistöckigen Geschäftshaus führte eine Gasse hindurch. Das musste die Crane's Alley sein, von hier war laut Zeitungsskizze die Bombe geworfen worden. Und gleich dort drüben hatte wohl der Wagen mit den Rednern gestanden. Die Desplaines Street Station, von wo Bonfield mit seiner Truppe ausgerückt war, lag nur einige Hundert Schritte entfernt.

Jack betrat die Gasse. Die unverputzte Ziegelsteinwand des Fabrikgebäudes zu seiner Linken wies Dutzende kleine Schäden auf, die Wand des Geschäftshauses auf der rechten Seite war dagegen so gut wie unversehrt. Er ging weiter in die Gasse hinein, die nach rechts abbog und zur Randolph

Street führte. Für den Bombenwerfer musste das der perfekte Fluchtweg gewesen sein.

Jack machte kehrt und schritt zurück in Richtung Desplaines Street, um sich den Ort des Geschehens noch einmal gründlicher anzuschauen. Ein gut gekleideter älterer Herr, der wahrscheinlich schon weit über siebzig war, bemerkte Jack, blieb stehen und musterte ihn. Jack grüßte und der Herr kam ihm einige Schritte in der Gasse entgegen. »Merkwürdig, nicht wahr?«, fragte er.

»Was meinen Sie?«, erwiderte Jack, nicht ganz sicher, was er von dem Mann halten sollte.

»Die eine Wand weist die Spuren eines Kugelhagels auf und die andere ist praktisch unbeschädigt.«

Jack gab dem Mann die Hand. »Jack Hunhoff. Ich arbeite für die *Dakota Zeitung*.«

»Dr. James Taylor«, stellte sich der Herr vor und fragte dann: »*Dakota Zeitung?* Das ist aber ungewöhnlich. Die meisten Reporter von außerhalb sind alle von der Ostküste oder zumindest aus großen Städten wie Detroit und Cincinnati. Wo erscheint Ihre Zeitung denn, in Bismarck, nehme ich an?«

»Nein, in Neufeld.«

»Neufeld? Nie gehört.« Dr. Taylor war das Erstaunen ins Gesicht geschrieben.

»Mein Verleger ist ein aufgeschlossener Mann. Das Weltgeschehen interessiert ihn sehr.«

»Schön, vielleicht hören Sie mir ja zu. Die anderen Reporter wollten davon nämlich nichts wissen.« Er deutete auf den neuen Telegrafenmast auf der gegenüberliegenden Straßenseite, an dem die Männer noch immer herumwerkelten: »Der alte Mast war schon am nächsten Tag verschwunden. Und können Sie sich denken, warum?«

»Die Explosion hatte ihn beschädigt, nehme ich an.«

»Nein, aber da waren jede Menge Einschussstellen.«

»Soweit ich weiß, gab es nach der Explosion einen heftigen Schusswechsel.«

»Von wegen Schusswechsel!« Der alte Herr begann sich aufzuregen: »Das will Ihnen die Kapitalistenpresse weismachen! Die wollen der Öffentlichkeit verschweigen, dass fast alle Polizisten, die gestorben sind, im Dunkeln von ihren eigenen Leuten abgeknallt wurden. Sie müssen wissen, ich bin Arzt. Ein Bekannter, der im Krankenhaus arbeitet, hat mir gesagt, den meisten wurde in den Rücken geschossen.«

»Offiziell heißt es doch, die Anarchisten hätten zuerst geschossen, gleich nachdem die Bombe explodiert war oder sogar schon davor, wie manche Zeitungen schreiben.«

»Ach was! Ich war da, ich wohne nicht weit von hier und ich bin den Ideen des Sozialismus seit Jahren verbunden, auch wenn ich kein Arbeiter bin.« Der alte Mann war vor Aufregung ganz rot im Gesicht. »Die Polizei hat wahllos in die Menge geschossen! Ein wahres Massaker. Der Telegrafenmast hat das bewiesen, er hatte nur auf einer Seite Löcher, ich hab ihn mir am Morgen danach angesehen. Und als ich gegen Mittag wieder hier vorbeikam, war er weg. Aber die Wand da«, er zeigte auf das Gebäude in der Gasse, »konnten sie nicht so einfach verschwinden lassen.«

»Gab es viele Verletzte unter den Arbeitern?«

»Verletzte? Tote gab es, mindestens ein Dutzend! Das erwähnen die Zeitungen selbstverständlich nicht! Die Kapitalistenknechte morden seit Monaten und niemand wird zur Verantwortung gezogen. Mörder in Uniform, das sind sie, gewöhnliche Kriminelle. Die treten das Recht auf Versammlungsfreiheit, ja die ganze Verfassung, wenn Sie mich fragen, mit Füßen! Schreiben Sie das in Ihrer Zeitung, mein lieber Herr. Und nennen Sie ruhig meinen Namen.« Er gab Jack eine Visitenkarte. »Diese sogenannte Demokratie ist eine

Lüge. Die Ausgebeuteten haben keine Chance auf ein menschenwürdiges Leben, denn der Staat steht auf der Seite der Ausbeuter. Anders geht es in den Monarchien Europas auch nicht zu.«

Der alte Herr legte Jack noch eine Weile seine Ansichten dar, verabschiedete sich aber schließlich und ermutigte ihn dabei ein weiteres Mal, unbedingt die Wahrheit über die Ereignisse in Chicago zu schreiben.

Am Nachmittag ging Jack wie verabredet in den Lincoln Park Zoo im Norden Chicagos, um dort seinen Bruder zu treffen. Der Weg dorthin führte ihn durch Stadtteile, die wie der Westen hauptsächlich von Deutschen bewohnt waren, hier jedoch in erster Linie von Geschäftsleuten, Angestellten, Handwerkern und Facharbeitern, die schon länger in Chicago waren und sich noch eine halbwegs gesicherte Existenz aufbauen konnten. Hier hatten die Hunhoffs vor dem Tod des Vaters gewohnt, der sich vom Hafenarbeiter und Möbelträger in Boston zum kleinen Fuhrunternehmer in Chicago hochgearbeitet hatte. Nach dem großen Brand des Jahres 1871, der fast die gesamte Stadt in Schutt und Asche gelegt hatte, gab es hier beim Wiederaufbau viel und gut bezahlte Arbeit. Der Vater hatte davon in der Zeitung gelesen und kurz darauf zog die Familie von der Atlantikküste an den Michigansee. Jack und Bob waren damals längst erwachsen, aber beide noch unverheiratet gewesen, und da sie von der Arbeit im Bostoner Hafen genug hatten, schlossen sie sich den Eltern an. Die vielen ausgebrannten Häuser würde Jack sein Leben lang nicht vergessen. Neben dem Stadtzentrum war auch die Nordseite, die er jetzt in schnellem Schritt durchquert hatte, fast vollständig niedergebrannt gewesen.

Vor dem Eingang des Zoos stand eine Statue von Friedrich Schiller. Der Dichter blickte auf einen idyllischen Park, in dem alte Leute plaudernd auf den Bänken saßen und Kindermädchen mit ihren Schützlingen zwischen Beeten mit gelben und roten Tulpen spazierten. Alle erfreuten sich am Sonnenschein und die für Anfang Mai sehr angenehmen Temperaturen.

Auch der Zoo war an diesem Mittwochnachmittag gut besucht. Am Ende der Hauptallee sah Jack das Blau des Sees leuchten. Bei den Braunbären gab es einen kleinen Auflauf. Ein Mann stand inmitten von drei ausgewachsenen Tieren und fütterte sie mit der Hand. Jack trat ebenfalls an den Rand des Geheges, das von einem tiefen Graben umgeben war. So etwas hatte er noch nicht gesehen. Der Bärenmann war vollkommen gelassen und rauchte eine Pfeife, während er die Tiere aus der Hand fressen ließ.

»Meine alten Freunde denken, ich bin ein Spitzel.« Jack zuckte zusammen, als er die Stimme seines Bruders hörte, der unbemerkt neben ihn getreten war. Als Jack ihn ansah, erschrak er noch mehr. Bobs Gesicht sah übel zugerichtet aus. Blutergüsse um die Nase herum. Das rechte Auge war vor lauter Schwellungen kaum zu sehen. Bob versuchte zu lächeln. »Jetzt erkennt mich hier keiner mehr so schnell.«

»Um Himmels Willen, was ist denn passiert?«

»Zwei Kameraden vom Lehr und Wehr Verein haben mich in eine Gasse gezogen und wollten wissen, warum ich plötzlich wieder hier sei und herumschnüffele. Die dachten, ich arbeite für die Pinkertons. Ich glaube, hier haben im Moment alle den Verstand verloren.« Bob lachte verzweifelt. »Ich hatte Glück, dass eine Polizeistreife vorbeikam, da haben sie von mir abgelassen und wir sind in verschiedene Richtungen davongelaufen.«

»Du musst sofort die Stadt verlassen, hier bist du nicht sicher, egal ob Schaack dich in die Hände bekommt oder deine alten Freunde.«

»Das kann ich nicht. Ich habe Heinrich versprochen, seinen Sohn hier rauszuholen.«

»Ich weiß, aber wenn du hierbleibst, machst du die Sache nur komplizierter. Was mache ich, wenn Schaack dich verhaftet? Andreas helfen wir damit nicht.«

»Nach Hause fahren kann ich nicht. Wenn ich dort ohne Andreas ankomme, dreht Heinrich durch.«

»Kannst du irgendwo anders hin?«

»Ich habe einen Freund in Milwaukee.«

»Dann fahr dahin, heute noch. Wir können uns dort treffen, bevor wir zurück nach Hause fahren. Hoffentlich mit Andreas.«

»Na gut, ich werde ein paar Tage dort bleiben. Wenn Andreas innerhalb der nächsten Woche entlassen wird, kommt ihr dorthin.« Die Chicago, Milwaukee & St. Paul Railroad mussten sie für die Rückreise nach Neufeld ohnehin nehmen. Jack notierte den Namen und die Adresse von Bobs Freund und versprach, ein Telegramm zu schicken, falls es etwas Neues gab oder die Rückreise anstand.

»Wenn ich in einer Woche nichts von dir höre, komme ich zurück«, sagte Bob, nachdem ihm Jack einen Zettel mit der Adresse seines Hotels gegeben hatte.

Diskutieren war sinnlos und Jack widersprach seinem Bruder nicht. Jetzt war er erst einmal ein paar Tage in Sicherheit, alles andere würde sich schon finden. Sie gaben sich die Hand und Bob machte sich auf den Weg.

Jack setzte sich auf eine Bank und blickte seinem Bruder nach, bis dieser den Zoo verlassen hatte und nicht mehr zu sehen war. Ihm war von vornherein klar gewesen, mit Schaack und dem Polizeiapparat einen übermächtigen Gegner zu haben, aber dass ihnen von der anderen Seite ebenfalls Gefahr drohte, traf ihn unerwartet.

»Captain Schaack, der Gefangene Brenner.« Der Schließer führte Andreas vor den Tisch, hinter dem der Polizeihauptmann saß.

»Setzen Sie sich!«, wies dieser Andreas auf Deutsch an, ohne von einer Akte aufzublicken. Der Schließer drückte Andreas auf den Stuhl, der vor dem Tisch stand, und verließ den Raum.

Andreas war überrascht, dass man ihn Schaack vorführte. Ausgerechnet Schaack! Der hatte wegen der Aufklärung von zwei spektakulären Mordfällen Berühmtheit erlangt und wurde von den Anarchisten als gefährlicher Gegner angesehen, der überall Spitzel hatte.

Andreas sah auf dem Tisch einige Ausgaben der *Arbeiter-Zeitung* sowie die *Revolutionäre Kriegswissenschaft* von Johann Most liegen. Er erkannte das Buch sofort, denn er hatte auch ein Exemplar zu Hause. Adolph Fischer hatte es ihm letztes Jahr geschenkt.

Schaack hielt den Blick weiterhin auf die Akte gerichtet. »Name?«

»Andreas Brenner, Sir.«

»Alter?«

»Dreiundzwanzig.«

»Geburtsort?«

»Gnadendorf.« Nach kurzem Zögern fügte er hinzu: »Das liegt an der Wolga.«

Schaack sah auf und musterte Andreas. »Soso. Russland also. Haben Sie dort bereits in anarchistischen Kreisen verkehrt?«

Es war klar, worauf der Hauptmann hinauswollte. Vor fünf Jahren hatten Anarchisten den russischen Zaren getötet.

»Nein, ich bin schon mit siebzehn nach Amerika gekommen. Meine Eltern haben eine Homestead im Dakota-Gebiet.«

Schaack lehnte sich zurück und sah Andreas durchdringend an. Er atmete tief ein, stand auf und kam um den Tisch herum. Er packte Andreas am Kragen, zog ihn ruckartig auf Augenhöhe und knurrte: »Sie sind hier mit offenen Armen aufgenommen worden, Ihre Eltern haben kostenloses Land bekommen und Sie haben nichts Besseres zu tun, als sich der undankbaren Anarchistenbrut anzuschließen?« Er stieß Andreas so heftig zurück auf den Stuhl, dass dieser beinahe nach hinten umkippte, und nahm das Buch, das auf dem Schreibtisch lag, in die Hand. Laut las er den Titel vor: »*Revolutionäre Kriegswissenschaft. Ein Handbüchlein zur Anleitung betreffend Gebrauches und Herstellung von Nitro-Glycerin, Dynamit, Schießbaumwolle, Knallquecksilber, Bomben, Brandsätzen, Giften und so weiter.*« Er beugte sich zu Andreas hinunter und sagte leise: »Dieses Machwerk haben wir bei Ihnen zu Hause gefunden. Eine Anleitung zum Bombenbauen!«

Andreas bekam es mit der Angst zu tun. Seine Gedanken rasten. Er stellte sich vor, wie die Polizei die Wohnung durchsucht hatte, wie erschrocken Sophie und Ella gewesen sein mussten.

»Wann und wo haben Sie mit Fischer Bomben hergestellt?«, fragte Schaack, der wohl Fischers Widmung im Buch gesehen hatte.

Andreas sagte mit zitternder Stimme: »Ich habe keine Bomben gebaut. Adolph Fischer ist mein Vorarbeiter bei der *Arbeiter-Zeitung.*« Er rang nach Worten. »Ich bin doch nur ein einfacher Setzer ...«

Schaack nahm wieder hinter seinem Schreibtisch Platz und griff nach der *Arbeiter-Zeitung* vom 4. Mai. Andreas erkannte die Ausgabe sofort, es war die letzte, an der er mitgearbeitet hatte.

»Einfacher Setzer. Na schön. Dann sagen Sie mir doch mal, was das zu bedeuten hat.« Schaack hielt ihm die Rückseite der Zeitung hin, mit dem Finger deutete er auf ein Wort in der Briefkasten-Rubrik: Dort stand »Ruhe!«, sonst nichts. Andreas wurde schwindlig. »Das habe ich mich beim Setzen auch gefragt«, antwortete er vorsichtig. August Spies hatte ihm den Zettel mit der Briefkasten-Notiz gegeben und auf Nachfrage nur mit den Schultern gezuckt. Zwei Stunden später war Spies dann wütend in die Setzerei zurückgekommen. Er hatte von seinem Freund Balthasar Rau erfahren, die Notiz »Ruhe!« sei das Zeichen zum Aufstand, das die bewaffneten Gruppen der verschiedenen Stadtteile verabredet hatten. Spies wollte von Fischer wissen, ob das etwas mit der Kundgebung auf dem Haymarket zu tun hatte, und sagte, er würde dort nicht reden, falls das so sei. Fischer behauptete, es gäbe keinen Zusammenhang zwischen der Nachricht und der Kundgebung. Spies schickte Rau sicherheitshalber in die Kneipen, in denen die militanten Anarchisten verkehrten, um zu verbreiten, dass das Wort irrtümlich gedruckt worden sei. Andreas hielt es für besser, Schaack von alledem nichts zu sagen.

»Wer hat die Anweisung zum Druck gegeben?«, fragte Schaack.

»Das weiß ich nicht genau ...«

»Ach, ist das wirklich so? Ich rate Ihnen dringend, mit mir zusammenzuarbeiten, wenn Sie nicht am Galgen enden möchten. Was wird dann aus Ihrer Frau und Ihrer Tochter?«

Andreas glaubte, seinen Ohren nicht zu trauen. Galgen? Er hatte doch damit nichts zu tun!

Schaack zog ein Blatt Papier unter den Zeitungen hervor und zeigte es Andreas. Es war die Druckanweisung für die Briefkasten-Rubrik der *Arbeiter-Zeitung*. »Wessen Handschrift ist das?«

Andreas konnte sich hier nicht unwissend stellen. »Die vom Chefredakteur«, sagte er leise.

»Von August Spies!«, triumphierte Schaack.

»Ja, aber er hat doch jeden Tag die eingereichten Notizen auf so einem Blatt zusammengestellt«, sagte Andreas. »Das heißt doch nicht, dass er gewusst hat, was das bedeutet.«

»Und warum haben wir dann Dynamit in den Räumen der *Arbeiter-Zeitung* gefunden?«

Andreas sagte kaum hörbar: »Das glaube ich nicht.«

Schaack sprang auf, kam um den Tisch herum, ohne den Augenkontakt mit Andreas zu verlieren, und packte ihn wieder am Kragen. Diesmal zog er ihn allerdings nicht hoch, sondern er beugte sich zu Andreas herunter und schrie ihm ins Gesicht: »Nennen Sie mich einen Lügner? Spies hat dem Attentäter die Bombe gegeben und dann Fielden das Stichwort ins Ohr geflüstert.«

»Ich verstehe nicht«, stammelte Andreas.

»Wir sind friedlich, das hat Fielden gerufen, nachdem Spies ihm das zugeflüstert hatte, und dann flog die Bombe. War es so oder lüge ich?«

»Ja, schon, aber ...«

Schaack lockerte seinen Griff. »Sie sind bereit, das zu bezeugen?«

Andreas wusste nicht, was er sagen sollte. Schaack hatte ihn listig in eine Ecke getrieben. Die Reihenfolge der Ereignisse stimmte, aber Spies konnte unmöglich etwas mit der Bombe zu tun haben. Schaack sah Andreas drohend an und ließ ihn schließlich los. »Herr Brenner, wir wissen, dass es Spies war, der den Versammlungsort vom Haymarket in die Desplaines Street verlegt hat, direkt vor die Gasse, aus der die Bombe geworfen wurde. Das war kein Zufall!«

»Die Kundgebung hatte schon begonnen, als ich dort ankam.« Andreas log. Er war mit Spies und Rau zum Haymarket gegangen und hatte die Überraschung der beiden erlebt, dass die Kundgebung noch nicht angefangen hatte und viele Leute den Platz bereits wieder verließen. Spies hatte angenommen, es würden wie immer zuerst ein oder zwei englischsprachige Redner auftreten, und war deshalb nicht in Eile gewesen. Rau entdeckte einen abgestellten Wagen mit flacher Ladefläche an der Ecke zur Desplaines Street. Spies fand den Wagen als Bühne für die Redner geeignet, zumal man so der Straßenbahn, die über den Marktplatz fuhr, nicht im Wege war und damit der Polizei einen Grund weniger gab, die Kundgebung aufzulösen. Bevor er auf den Wagen stieg, schickte er Rau los, um Parsons und Fielden zu holen.

Sollte Andreas Schaack davon erzählen? Würde das Spies und Rau in Schwierigkeiten bringen?

»Herr Brenner, wollen Sie nicht nach Hause, zu Frau und Kind? Sagen Sie vor Gericht aus, dass Spies das Signal zum Bombenwurf gab, und ich lasse Sie sofort gehen.«

Andreas erwiderte leise: »Das kann ich nicht, davon weiß ich doch nichts.«

»Na gut, wie Sie wollen, dann bleiben Sie hier. Wir werden uns schon noch einigen. Denken Sie darüber nach: Ist es Ihnen das Wohlergehen Ihrer Familie wert, den Kopf für diese Verbrecher hinzuhalten?«

Schaack setzte sich wieder und rief nach dem Schließer, der Andreas wieder in seine Zelle bringen sollte. Er kam herein und griff Andreas unsanft am Arm.

Sie waren beinahe aus dem Büro, als Schaack sagte: »Herr Brenner, eine Frage noch: Wie viele Leute hat Bob Hunhoff außer Ihnen im Dakota-Gebiet rekrutiert?«

Andreas blickte sich verwirrt nach Schaack um. Der saß mit zufriedener Miene hinter seinem Schreibtisch.

Was hatte Bob Hunhoff mit der ganzen Sache zu tun?

Schaack winkte ab: »Na, darüber können wir uns auch beim nächsten Mal unterhalten.«

Das deutsche Krankenhaus in der Lincoln Avenue war in einem kleinen Gebäude mit nur zwei Etagen und einem Kellergeschoss untergebracht und die Nachmittagssonne tauchte die unverputzte Fassade mit dem Schriftzug »German Hospital« in ein warmes Licht. Als Jack gerade die breite Treppe zur Eingangstür hinaufsteigen wollte, trat ein Mann mittleren Alters, der einen guten Anzug und einen modischen Hut trug, aus der Tür und wollte offenbar gerade das Krankenhaus verlassen. Er sah Jack und rief: »Die Besuchszeit ist leider vorbei, mein Herr.«

Jack ging trotzdem die Treppe hinauf und sagte: »Guten Tag, mein Name ist Jack Hunhoff und ich arbeite für die *Dakota Zeitung*.«

Wieder erntete er beim Erwähnen des Zeitungsnamens einen Blick, der sowohl Erstaunen als auch Neugier ausdrückte.

»Dr. Schaller«, stellte sich der Herr seinerseits vor und gab Jack die Hand. »Ich bin der Direktor dieses Krankenhauses.«

Jack schüttelte die Hand und kam gleich zur Sache: »Dr. Schaller, würden Sie mir freundlicherweise erlauben, mich einige Minuten mit Christian Metzger zu unterhalten? Sein Vater hat mir erzählt, dass er hier behandelt wird.«

»Na, ich weiß nicht, der Patient braucht wirklich Ruhe.«

»Vielleicht könnten Sie ihn fragen, ob ich ganz kurz mit ihm sprechen kann? Mein Verleger hat es nämlich gern, wenn die Beteiligten eines Ereignisses direkt zu Wort kommen.«

»Das gefällt mir. Die Zeitungen hier schreiben oft nur voneinander ab oder denken sich etwas aus. Wenn Sie einen Augenblick warten würden ...«

»Gern. Sagen Sie Herrn Metzger bitte, dass ich mit seinem Vater gesprochen habe.«

Dr. Schaller verschwand und Jack sah sich das geschäftige Treiben auf der Lincoln Avenue an. Eine Bahn, die noch von Pferden gezogen wurde, fuhr vorbei und der Fahrer schimpfte auf einen jungen Burschen, der leichtsinnig die Straße überquerte.

Die Tür öffnete sich wieder und Dr. Schaller machte eine einladende Geste: »Kommen Sie, bitte. Sie haben zehn Minuten, um mit dem Patienten zu sprechen.«

Sie mussten nicht weit gehen. Wenige Schritte vom Eingang lag rechts ein sonnendurchfluteter Raum, in den ihn Dr. Schaller führte. In dem Raum befanden sich vier Betten, zwei von ihnen waren belegt. Vor den Betten stand eine ältere Krankenschwester, die Jacks Gruß nicht erwiderte und ihn stattdessen missbilligend ansah. In dem Bett gleich beim Fenster lag ein junger Mann mit verbundenem Oberkörper. Das musste Christian Metzger sein, denn der Mann im anderen Bett war zu alt, um der Sohn des deutschen Lieferanten zu sein, mit dem Jack im Hotel gesprochen hatte.

»Herr Metzger, herzlichen Dank, dass ich Sie kurz besuchen darf.« Jack reichte dem Verletzen die Hand.

Dessen Gesicht verzog sich ein wenig vor Schmerzen, als er den Arm ausstreckte. »Keine Ursache, hier ist ja nicht gerade viel los.«

Jack setzte sich auf einen Stuhl gleich beim Bett, stellte sich kurz als Reporter der *Dakota Zeitung* vor und fragte: »Waren Sie überrascht, als der Befehl kam, die Kundgebung aufzulösen?«

»Ja, wir hatten alle damit gerechnet, jeden Augenblick nach Hause geschickt zu werden.«

»Aber Chefinspektor Bonfield hat dann doch noch den Einsatz befohlen?«

»Ja, das ging alles ganz schnell. Wir sind mehr oder weniger zum Haymarket gerannt und als wir dort ankamen, waren da kaum noch Anarchisten, jedenfalls kaum mehr, als wir es waren. Die sahen auch ziemlich überrascht aus. Die wussten, dass sie Dresche beziehen würden.«

»War das der Grund, warum Sie noch ausgerückt sind?«

»Na klar, wer jetzt noch da war, war doch garantiert ein verbohrter Anarchist. Das war eine gute Gelegenheit, sich die so richtig vorzuknöpfen.«

»Und dann flog die Bombe …«

»Dass die damit mal Ernst machen würden, hätte ich nicht gedacht. Geredet haben sie davon ja schon lange. Aber wie ist das mit dem Hund, den man in die Ecke treibt? Der beißt!«

»Haben Sie den Bombenwerfer gesehen?«

»Nein, es war viel zu dunkel dort.«

»Ihr Vater meinte, man hätte Ihnen in den Rücken geschossen.«

Jack folgte Christian Metzgers Blick hinüber zu dem Mann im anderen Bett, der in ein Buch starrte, dessen Augen sich aber nicht bewegten. Der Mann lauschte, so viel war klar. Jack rückte seinen Stuhl näher ans Bett und beugte sich vor. »Herr Metzger, ich war selber viele Jahre Polizist hier in Chicago. Ich war bei unzähligen Auseinandersetzungen dabei, ich kann mir ungefähr vorstellen, wie Sie und Ihre Kollegen um Ihr Leben fürchteten.«

»Denken Sie, ich bin ein Feigling und wollte weglaufen?« Bevor Jack etwas erwidern konnte, wurde Christian Metzger laut. »Das muss ich mir verbitten! Ich habe mich dem Feind entgegengestellt, aber in der Dunkelheit hat mich die Kugel eines Kollegen getroffen.«

Jack legte seine Hand auf den Arm des Verletzten: »Sie haben mich falsch verstanden, ich wollte keineswegs sagen, dass Sie die Absicht hatten, fortzulaufen. Ich meinte nur, es gab sicher ein großes Durcheinander …«

»Nach der Explosion war es auf einmal stockduster. Da war nur diese eine Laterne gewesen und die hatte es offenbar erwischt. Zuerst waren wir geschockt. Dann fingen alle an, auf die Anarchisten zu schießen, ich ja auch, weil wir dachten, die würden gleich auf uns schießen. Da ist so manche Kugel nicht dort gelandet, wo sie hingehen sollte.«

Der Bettnachbar tat gar nicht mehr so, als lese er, sondern schaute offen herüber. »Undankbares Gesindel!«, rief er. »Der Bismarck hat gewusst, warum er die rote Brut verboten hat. Und hier konnten sie bis jetzt machen, was sie wollten. Aber das wird nun anders, der Bonfield wird schon dafür sorgen.«

»Bleib mir doch mit dem Bonfield weg«, rief Christian Metzger zurück. »Der ist an allem schuld! Wenn der diesen sinnlosen Einsatz nicht befohlen hätte, wären jetzt alle noch am Leben.«

Der andere sah ihn überrascht an. »Vielleicht bist du gar kein Polizist, sondern einer von der Anarchistenbande, der sich hier eingeschlichen hat?« Dann fing er an zu schreien. »Schwester, kommen Sie, hier ist ein Betrüger!«

Es war freilich nicht die Krankenschwester, die hereinkam, vielmehr war Dr. Schaller von dem Wortwechsel angelockt worden. »Meine Herren! Keine Aufregung bitte, das ist Ihrer Genesung zutiefst abträglich.«

»Wie soll ich denn genesen, wenn Sie hier Anarchisten reinlassen?«

Dr. Schaller sah Jack fragend an. Der hob entschuldigend die Hände. »Ich glaube, da liegt ein Missverständnis vor.«

»Der Alte hat sie doch nicht mehr alle«, sagte Christian Metzger. »Denkt, dass ich ein Anarchist bin, nur weil ich die Weisheit unserer Polizeiführung infrage stelle.«

Dr. Schaller ging zu dem Bettnachbarn. »Wir behandeln hier keine Anarchisten, das kann ich Ihnen versichern.« Der Angesprochene murrte und drehte sich zur Wand.

Der Arzt kam zu Jack herüber und meinte, es wäre jetzt an der Zeit, die Patienten allein zu lassen. Jack erhob sich von seinem Stuhl, schob ihn zurecht und verabschiedete sich von

Christian Metzger. Dr. Schaller begleitete ihn zum Ausgang. Als Jack beinahe aus der Tür heraus war, kam ihm ein Gedanke: »Wo werden denn eigentlich die verletzten Anarchisten behandelt?«

»In erster Linie zu Hause, nehme ich an. Es gibt da einige Kollegen, die ihnen wohlgesonnen sind.«

»Verstehe. Wissen Sie, wo ich einen dieser Ärzte finden kann?«

Dr. Schaller zögerte, sagte dann aber: »Fragen Sie mal Dr. Thilo in der Milwaukee Avenue. Von mir haben Sie seinen Namen allerdings nicht!«

Jack lüftete den Hut. »Besten Dank!«

Am Abend stand das Essen mit dem Hotelbesitzer und seinem verletzten Polizistenneffen an. Jack erhoffte sich davon kaum neue Informationen, konnte jedoch nicht mehr absagen. Zum Glück erreichte er das Dowling House Hotel ohne Verspätung.

»Gerade zur rechten Zeit!«, rief der Gastwirt dann auch, als Jack den Schankraum betrat. »Kommen Sie mit!« Er führte Jack in einen Raum neben der Küche, der als privates Esszimmer der Familie zu dienen schien. Am Tisch saßen eine Frau und ein junger Mann. Jack hängte seinen Hut an einen Haken und trat an den Tisch heran. »Das ist meine Frau Mary«, stellte der Ire die Frau vor, die Jack freundlich zunickte. »Und das ist mein Neffe Thomas Brophy.« Die Frau füllte dem verletzten Polizisten, der blass aussah und Jack wortlos die Hand gab, gerade den Teller mit einer Unmenge Kartoffeln und Schweinebraten. Der Neffe, höchstens Ende zwanzig, mit kurzem Haar und dünnem Schnauzbart, musterte Jack. Es war klar, dass er erst einmal das Vertrauen des Polizisten gewinnen musste.

»Wie geht es Ihnen?«

Der junge Mann erwiderte kurz angebunden: »Den Umständen entsprechend.« Er deutete auf die Krücken, die hinter ihm an der Wand lehnten. »Wenigstens kann ich mich wieder einigermaßen fortbewegen.«

»Auf welcher Wache versehen Sie denn Ihren Dienst?«

»West Lake Street, warum?«

»Da war ich auch manchmal im Einsatz. Sie müssen wissen, ich war sechs Jahre lang Polizist hier in Chicago.«

Brophy sah ihn jetzt freundlicher an. »Wann denn?«

»Das ist eine Weile her, in den Siebzigerjahren.«

»Ach so. Wie war das denn damals? Haben Sie da auch Kollegen verloren?«

»Ja, zwei.«

Jack wusste nicht, wie ihm diese Lüge so schnell über die Lippen gekommen war. Aber sie hatte die erhoffte Wirkung, Brophy begann zu reden: »Dann werden Sie verstehen, wie ich mich fühle. Fünf Kollegen sind bereits gestorben, vier davon waren von meiner Wache: Degan, Sheehan, Muller und Barrett. Sheehan lag im Bett neben mir. Dem haben sie eine Kugel aus dem Bauch geholt und vorgestern ist er dann gestorben. Der war so alt wie ich und auch aus Irland. Wir sind beide am gleichen Tag in den Polizeidienst eingetreten, zusammen mit Muller, der jetzt auch tot ist. Das ist gar nicht so lange her, Weihnachten vierundachtzig.«

»Das tut mir sehr leid.« Dieses Mal musste Jack nicht lügen. »Welche Verletzungen haben Sie sich zugezogen, wenn ich fragen darf?«

»Bombensplitter in beiden Beinen. Haben mir die Ärzte im Hospital am nächsten Morgen rausgeholt.«

»Keine Schussverletzung?«

»Nein. Die Bombe war ganz in meiner Nähe gelandet, und da hat's mich gleich von den Beinen gehauen. Und dann haben alle blind drauflosgeschossen, wegen der Dunkelheit. Einfach in die Richtung des Mobs. Chefinspektor Bonfield hat sofort nach der Explosion den Schießbefehl gegeben, haben mir Kollegen, die dichter bei ihm standen, hinterher erzählt. Wollte wohl die Anarchisten in die Flucht schlagen und verhindern, dass noch mehr Bomben geworfen werden.«

»Hat es Sie nicht verwundert, dass Sie so spät noch ausrücken mussten? War die Kundgebung nicht beinahe vorüber?«

»Nein, ich glaube, Bonfield hat nur gewartet, bis die Frauen und Kinder weg waren.«

»Wie kannst du nur so was sagen«, mischte sich der Hotelbesitzer ein. Und zu Jack gewandt: »Schreiben Sie das bloß nicht.«

Jack schüttelte den Kopf, aber der Neffe fuhr fort: »Warum denn nicht? Die haben uns am Tag zuvor bei McCormick mit Steinen beworfen und beschossen. Und meinen Kollegen Casey, das müssen Sie sich einmal vorstellen, wollten sie an der Laterne aufhängen, als er einen verletzten Arbeiter nach Hause gebracht hat. Da ist gerade noch rechtzeitig Verstärkung eingetroffen. Denen mussten wir wirklich mal zeigen, wer der Herr im Haus ist!«

»Mit der Bombe hatte keiner gerechnet?«

»Nein, natürlich nicht. Einige Kollegen meinen, das Ganze war eine Falle, aber das glaube ich nicht so richtig, dann hätten die doch mehr als eine Bombe geworfen und bestimmt versucht, uns alle zu töten.«

Der Wirt mischte sich ein: »In den Zeitungen stand, die entschlossene Gegenwehr der Polizei hat Schlimmeres verhindert.«

»Ja, kann sein, was weiß ich. Jedenfalls kommen die Anarchisten jetzt an den Galgen und dann ist es mit denen ein für alle Male vorbei.«

»Das wird aber auch Zeit!«, gab der Wirt hinzu.

Jack hatte mittlerweile ebenfalls einen Teller mit dampfendem Essen vor sich stehen. Der Wirt sprach ein kurzes Gebet, in dem er Gott für die Speisen und für das Beschützen seines Neffen dankte.

Die Ruhe hielt nicht lange an. »Dieses gottlose Gesindel hat hier nichts zu suchen«, ereiferte sich der Wirt wieder, als sie zu essen begonnen hatten.

»Nun reg dich doch nicht so auf«, versuchte ihn seine Frau zu beruhigen. Und zu dem Neffen gewandt: »Mehr Fleisch, mein Junge?«

Der Neffe, dessen Teller noch voll war, winkte ab. »Auf jeden Fall war es ein hinterhältiger Anschlag. Die Bombe kam nämlich nicht aus der Menge, die vor uns stand.«

Jack horchte auf. Er schluckte den Bissen, den er gerade im Mund hatte, herunter und fragte: »Woher kam sie dann?«

»Derjenige, der sie geworfen hat, muss hinter uns oder in der Gasse gestanden haben, an der Seite, wo die Fabrik ist. Wir waren an der Gasse schon beinahe vorbei.«

»Er hat sich also angeschlichen?«

»Ja, oder er muss dort im Dunkeln gewartet haben.«

»Das ändert doch an den Tatsachen nichts«, mischte sich der Wirt ein. Der Neffe nickte, Jack jedoch hatte ein merkwürdiges Gefühl. Der Bombenwerfer musste damit gerechnet haben, dass die Polizei zu diesem späten Zeitpunkt noch ausrückte. Warum hätte er sonst an einer für ihn so günstigen Stelle gestanden?

Der Rest des Gesprächs verlief sich in Allgemeinheiten, aber Jack war zufrieden, weil es doch nicht so nutzlos gewesen war, wie er befürchtet hatte.

Er war todmüde, als er auf sein Zimmer ging. Trotzdem machte er sich noch daran, Briefe an seine Frau und an Herbert Schell zu schreiben. Der Brief an Luise war kurz, er versicherte ihr, alles sei in Ordnung. Was Bob widerfahren war, erwähnte Jack mit keinem Wort. In dem Brief an seinen Arbeitgeber berichtete er über den Besuch bei Schaack. Erst jetzt wurde ihm bewusst, dass er Schaack keinerlei Fragen gestellt hatte, und die einzige nützliche Information hatte er durch seinen heimlichen Blick auf Schaacks Namensliste gewonnen. Schaack war mit Andreas offensichtlich noch nicht fertig. Je mehr Jack jetzt darüber nachdachte, desto mehr machte ihm dieser Umstand Sorgen. Was wollte Schaack von Andreas? Er schrieb einige Bemerkungen dazu in seinen Brief und begann, über die Gespräche mit den beiden verletzten Polizisten zu berichten. Die Augen fielen ihm dabei fast zu und er verschob das Beenden des Briefes auf den Morgen.

12. Mai 1886

Andreas hatte die ganze Nacht nicht schlafen können, zu viele Gedanken schwirrten in seinem Kopf herum.

Warum war Walter Schmied verschwunden? Als der Wärter die Zelle aufschloss, hatte Andreas nicht schlecht gestaunt, dass sie leer war. Der Wärter hatte nur gelacht, als Andreas nach dem Verbleib von Schmied fragte. Hatte man ihn freigelassen? Oder war er auch beim Verhör? Wurde er gar gefoltert? Jedenfalls war er nicht zurückgebracht worden. Andreas musste an die Sweat Box denken, von der sein Zellengenosse erzählt hatte.

Im Halbschlaf dachte Andreas über ihr Gespräch nach. Plötzlich war er hellwach: Schmied war hier gewesen, um ihn auszuhorchen! All die Fragen, die er ihm gestellt hatte! Aber er war doch ein Freund von Adolph Fischer, sogar aus dem Lehr und Wehr Verein, wenn er sich nicht irrte. War Walter Schmied schon lange ein Spitzel?

Was Andreas ebenfalls den Schlaf raubte, war Schaacks Frage nach Bob. Konnte Schaack überhaupt wissen, dass Bob jetzt – immerhin schon einige Jahre – im Dakota-Gebiet lebte?

Das ergab alles keinen Sinn! Und warum hielt man ihn hier immer noch fest? Er hatte schließlich mit der Bombe nichts zu tun und wusste auch gar nichts darüber. Dachte Schaack, er wäre schwach und gäbe sich zu einer falschen Zeugenaussage her? Oder würde man ihn doch früher oder später laufen lassen?

Aber wie sollte es hier in Chicago weitergehen, wenn er wieder frei war? Konnte er überhaupt noch eine Arbeit bekommen oder stand er jetzt bei allen Zeitungen und in allen Druckereien auf der schwarzen Liste? Wahrscheinlich sollten sie fortgehen, nach Milwaukee vielleicht oder sogar nach New York.

Andreas erinnerte sich daran, wie er mit seinen Eltern und Brüdern vor fünf Jahren in New York angekommen war, vollkommen erschöpft von der wochenlangen Reise, erst mit der Bahn und dann mit dem Schiff. Er dachte an ihr Dorf in Russland und an die Nachbarn im Dakota-Gebiet, an die kalten Winter und die heißen Sommer, daran, wie er Sophie kennengelernt hatte und wie sie es beide nicht erwarten konnten, zusammen nach Chicago zu gehen. Mit den Erinnerungen an die Zugfahrt hierher schlief er ein.

Jack war spät dran, es war fünf Minuten nach zehn und der Pressetermin hatte bestimmt schon begonnen. Er bog um die Ecke und sah Schaack mit einer Gruppe Männer aus der Polizeiwache kommen. Schaack bemerkte ihn und rief: »Beeilen Sie sich, Herr Hunhoff, wir fahren zum Tatort!«

Jacob Loewenstein, der die Hausdurchsuchung bei Sophie durchgeführt hatte, stand am Straßenrand und winkte zwei Kutschen heran. Schaack bestieg mit drei Männern das erste Gefährt. Als Jack die zweite Kutsche erreichte, begrüßte ihn Loewenstein mit einem breiten Grinsen: »Hallo, Jack, wie geht's, alter Kumpel? Schaack hat mir erzählt, du bist unter die Reporter gegangen.« Er gab Jack sichtlich erfreut die

Hand. Sie hatten mehrere Jahre zusammen auf derselben Wache gearbeitet und waren immer gut miteinander ausgekommen. Loewenstein war in Jacks Alter, hatte einen Schnauzbart, buschige Augenbrauen und freundliche braune Augen. Seine Hochzeit würde Jack nie vergessen, es war die einzige jüdische Hochzeit, die er je besucht hatte.

Bevor Jack sich nach dem Wohlbefinden von Loewensteins Frau erkundigen konnte, sagte dieser: »Steig schnell ein, Schaack wird sauer, wenn er auf uns warten muss.«

Im Wagen hatten bereits zwei Herren Platz genommen, beide nur wenig jünger als Jack. Loewenstein, der zuletzt einstieg, redete weiterhin Deutsch und stellte die beiden vor: Der eine, der neben Jack saß, hieß Litt, hatte dunkle Augenringe über eingefallenen Wangen und arbeitete für die *Freie Presse;* der andere, ein dicker, gutmütig aussehender Mann namens Glauser, schrieb für die *Illinois Staats-Zeitung.* Jack begriff sofort, dass die Reporter der einflussreicheren englischsprachigen Tageszeitungen bei Schaack im Wagen saßen.

»Und für welches Blatt arbeiten Sie, Herr Hunhoff?«, fragte Litt und sah ihn von der Seite her prüfend an. »Ich denke, wir hatten noch nie das Vergnügen. Sie sind nicht von hier, oder?«

Der Mann war Jack irgendwie unsympathisch. »Ich arbeite für die *Dakota Zeitung.*«

»Haben Sie *Dakota Zeitung* gesagt?« Litt betonte das Wort Dakota und grinste. »Wusste gar nicht, dass es dort Zeitungen gibt!«

»Das wundert mich nicht«, mischte sich Glauser, der Litt direkt gegenübersaß, mit lauter Stimme ein. »Wann schaut die *Freie Presse* denn schon mal über den Tellerrand Chicagos?« Und zu Jack gewandt: »Machen Sie sich nichts daraus, Herr Kollege! Der Herr Litt ist doch nur sauer, weil er nicht bei den Großen im anderen Wagen mitfahren darf.«

Litt sah Glauser wütend an, sagte jedoch nichts. Loewenstein zwinkerte Jack zu. Dass die Konkurrenten zusammen in einem Wagen sitzen mussten, amüsierte ihn offensichtlich. Jack wollte lächeln, aber in diesem Moment wandte sich Glauser wieder an ihn. »In diesen schwierigen Zeiten müssen wir Deutsche zusammenhalten. Die verdammten Anarchisten haben uns alle in Verruf gebracht!«

»Die Treue der *Freien Presse* zu unserem neuen Vaterland ist über jeden Zweifel erhaben«, proklamierte Litt mit erhobenem Zeigefinger. Jack erinnerte sich, diesen Satz gelesen zu haben, als er in der Bibliothek auch die Ausgaben der *Freien Presse* durchgesehen hatte.

Glauser lief rot an. »Was wollen Sie damit sagen?«, stieß er wütend hervor, während er auf seinem Sitz nach vorn rutschte. Anscheinend hatte Litt einen empfindlichen Punkt getroffen.

»Aber, meine Herren!«, rief Jacob Loewenstein. »Niemand bezweifelt Ihre Verfassungstreue. Sonst würden Sie doch wohl kaum hier im Wagen sitzen, sondern womöglich eine Zelle mit Ihren werten Kollegen von der *Arbeiter-Zeitung* teilen.«

Glauser rutschte wieder zurück und Litt sah aus dem Fenster. Bis zur Ankunft am Ziel ihrer kurzen Fahrt herrschte Schweigen.

Jack war nun schon zum zweiten Mal am Tatort. Er hielt es für angeraten, das nicht zu erwähnen. Es schien besser, Schaack einfach reden zu lassen und auf diesem Wege vielleicht neue Informationen zu gewinnen. Außerdem würde er nun hoffentlich einige Zitate von Schaack bekommen, die sich für die *Dakota Zeitung* verwenden ließen.

Schaack sprach auch bereits in druckreifen Sätzen. Er war den Umgang mit der Presse offensichtlich gewohnt. »Die Anarchisten hatten einen Aufstand geplant. Die Bombe auf der Haymarket-Kundgebung sollte das Signal zum Losschlagen sein, aber dem entschiedenen Durchgreifen von Chefinspektor Bonfield und seinen Männern ist es zu verdanken, dass das Ganze im Keim erstickt wurde«, erklärte Schaack. Die versammelten Reporter schrieben eifrig mit.

Sie standen genau neben dem neuen Telegrafenmast und Jack dachte an sein Gespräch mit Dr. Taylor.

Unterdessen fuhr Schaack fort: »Wissen Sie, warum man die Versammlung vom Haymarket hier in die Desplaines Street verlegt hat? Damit sich der feige Täter an diesem schlecht beleuchteten Ort ungesehen dort drüben zwischen den beiden Gebäuden davonmachen konnte.« Schaack deutete auf die Gasse auf der anderen Straßenseite, die Jack am Vortag erkundet hatte. »Ein Anarchist namens Louis Lingg hat die Bombe angefertigt und ein gewisser Rudolph Schnaubelt hat sie geworfen. Sie können darüber berichten, wir haben Zeugenaussagen, die das bestätigen.«

Aus dem Kreise der anwesenden Reporter, insbesondere von Litt und Glauser, kamen anerkennende Worte. Schaack schwellte stolz die Brust. »Nach Lingg suchen wir noch. Seine Bombenwerkstatt haben wir allerdings ausgehoben und zwei Dutzend fertiggestellte Bomben und jede Menge Materialien zum Bombenbau gefunden. Was Schnaubelt betrifft, müssen wir leider annehmen, dass er aus der Stadt geflohen ist.« Schaack holte tief Luft. »Die Anführer der anarchistischen Verschwörung befinden sich jedoch in Gewahrsam. Den Tod von fünf Polizisten haben sie zu verantworten, mehr als sechzig sind verwundet, die Hälfte von ihnen schwer.«

Jack notierte sich die Zahlen und wagte zu fragen: »Und bei den Teilnehmern der Kundgebung, wie viele Tote und Verletzte gab es da?«

Schaack war um eine Antwort nicht verlegen: »Das wissen wir nicht. Die Anarchisten haben ihre Leute im Schutz der Dunkelheit fortgeschafft und heimlich beerdigt, denn eine hohe Opferzahl würde doch heißen, dass der Einsatz von

Dynamit nicht das Allheilmittel ist, von dem sie seit Monaten gesprochen hatten.«

»Wenn ich noch eine weitere Frage stellen dürfte …« Jack zögerte ein wenig. Litt sah ihn feindselig an, doch Schaack blieb gelassen: »Fragen Sie ruhig, Herr Hunhoff.«

»Ich habe gehört, der Telegrafenmast, der hier vorher stand, hatte nur auf einer Seite Einschusslöcher …«

»Wer behauptet das?«, fuhr ihm Schaack ins Wort und sah ihn durchdringend an.

»Er hat mir seinen Namen nicht genannt.«

Nun wurde Schaack doch ärgerlich. »Kommunistengeschwätz! Die Anarchisten schossen zuerst und besonders gezielt auf unsere Leute, gleich nach der Explosion, die wie gesagt geplant war. Unsere tapferen Männer haben dann, trotz der vielen Opfer, mit aller Kraft zurückgeschossen und den Feind in die Flucht geschlagen. Deshalb gab es auf der einen Seite mehr Löcher. Das müsste Ihnen als ehemaligem Polizisten doch einleuchten, oder?«

Einige Passanten waren, von Schaacks lauter Stimme angelockt, stehen geblieben. »Gehen Sie weiter, hier gibt es nichts zu sehen!«, schnauzte Schaack sie an. Und zu den Reportern gewandt: »Fahren Sie jetzt mit mir zurück zur Wache, ich zeige Ihnen dort das Bombenarsenal, das wir gefunden haben.« Er sah Jack an und sagte noch: »Dann wird Ihnen hoffentlich klar, womit wir es hier zu tun haben!«

Nach der Besichtigung des beschlagnahmten Waffenarsenals, das um die zwanzig Bomben sowie Rohkörper, Zündschnüre, Dynamit, Pistolen und Gewehre umfasste und zusammen mit einem Berg aus roten und schwarzen Fahnen und Bannern sowie beachtlichen Stapeln anarchistischer Bücher und Pamphlete ausgebreitet war, wurde Jack von Jacob Loewenstein zum Essen eingeladen.

»Wir haben in den letzten Tagen jede Menge zu tun gehabt«, sagte Loewenstein, als sie die Wache verließen. »So etwas habe ich noch nie erlebt. Hausdurchsuchungen, Verhaftungen und Verhöre, ganze Tage und Nächte hindurch. Wir haben über zweihundert Leute in Gewahrsam genommen!«

»Was wollt ihr denn mit so vielen, die kann man doch nicht alle anklagen?«, fragte Jack vorsichtig.

»Erst mal sicherstellen, dass uns keiner mehr durch die Lappen geht. Schaack geht da kein Risiko ein. Stell dir vor, der Schnaubelt war bereits verhaftet gewesen und die Idioten in der Zentrale haben ihn wieder laufen lassen! Angeblich gab es Zeugen, die gesehen haben wollen, wie Schnaubelt den Tatort vor dem Bombenwurf verlassen hat.« Loewenstein blieb stehen. »Die Sachen, die ich dir hier erzähle, kommen aber nicht in die Zeitung.«

»Keine Sorge«, sagte Jack. »Ich schreibe nichts, was dort nicht hingehört.«

Loewenstein nickte und sie setzten ihren Weg fort. »Du kannst dir ja bestimmt auch denken, dass Schaack einige der Verhafteten dazu bringen will, als Zeugen gegen ihre Kumpane auszusagen.«

»Eine bewährte Methode, nicht wahr?«

»Ja, das macht er wirklich geschickt und es klappt eigentlich immer. Er hat ein paar Informationen über den Mann, den er gerade befragt, entweder von einem Informanten oder von einem anderen Verhafteten, und dann sagt er: Hören Sie mal, ich weiß schon alles über Sie, zum Beispiel dies und das, und nur wenn Sie jetzt ehrlich sind und alles sagen, werden Sie Ihre Haut retten können. So haben es nämlich Ihre Kumpane gemacht, deshalb wissen wir alles über Sie, also seien Sie nicht dumm und machen Sie es genauso. Wenn sich Ihre Aussage mit dem deckt, was wir wissen, lege ich beim Staatsanwalt ein gutes Wort für Sie ein. Wenn ich dagegen merke, Sie sagen die Unwahrheit, haben Sie Ihre letzte Chance verspielt.« Loewenstein lachte. »Die meisten werden erst einmal wütend, dass sie verraten wurden, hadern dann einige Augenblicke mit ihrem Schicksal und packen schließlich aus. Bei den wichtigeren Leuten dauert es länger, das Prinzip ist jedoch das gleiche. Nur die ganz Hartgesottenen kooperieren überhaupt nicht, aber das ist auch egal, denn die sind es ja, die wir mit den Aussagen der anderen an den Galgen bringen wollen.«

Sie betraten ein Restaurant, das hauptsächlich von Angestellten und Beamten besucht war. Loewenstein grüßte einige Bekannte, während er einen Tisch am Fenster ansteuerte. Nachdem sie sich gesetzt hatten, fragte er unvermittelt: »Wie geht es eigentlich deinem Bruder?«

Jack hatte damit gerechnet, dass Loewenstein dieses Thema ansprechen würde. »Du wirst es nicht glauben, der hat jetzt eine Farm.«

Loewenstein machte eine überraschte Miene, aber Jack hatte irgendwie das Gefühl, das war nur gespielt. »Ja, kaum zu glauben«, sagte Loewenstein. »Also, nun kannst du es mir doch sagen, es ist ja schon lange her: Hat Bob damals tatsächlich etwas mit den Anarchisten zu tun gehabt? Da gab es ein ganz schönes Gerede, als er plötzlich, mir nichts, dir nichts auf und davon war.«

Jack blieb auch dieses Mal dicht an der Wahrheit: »Na ja, er hatte ein paar Freunde aus der Zeit, bevor wir bei der Polizei angefangen hatten, die haben wohl beim Lehr und Wehr Verein mitgemacht. Mit denen hat er hin und wieder ein Bier getrunken.«

Loewenstein hatte aufmerksam zugehört. »Und warum ist er dann aus Chicago weg?«

»Als unsere Mutter gestorben war, hat er keinen Sinn mehr darin gesehen, hierzubleiben. Ich war nicht mehr in der Stadt und bei den Demonstrationen seinen Freunden aus der

Kneipe gegenüberzustehen, ist sicher auch nicht einfach gewesen. Und die sind dann irgendwann auch noch auf die Idee gekommen, Bob wolle sie aushorchen. Da schien es angeraten, fortzugehen.«

»Deshalb habe ich nie Umgang in diesen Kreisen gepflegt«, stellte Loewenstein fest. »Man muss eine klare Grenze ziehen und genau wissen, ob man mit beiden Füßen auf der Seite von Recht und Ordnung steht oder nicht. Na, da gibt es bei dir ja zum Glück keine Zweifel. Schaack hat erwähnt, du warst ein paar Jahre lang sogar Sheriff. Alle Achtung!«

Jack winkte ab. »Erinnere mich bloß nicht daran. Das wäre eher was für dich oder für Schaack gewesen. Das Aufklären von Verbrechen liegt mir nämlich ganz und gar nicht.«

»Ja, von Schaack kann man viel lernen, ich habe wirklich Glück gehabt, dass ich zu ihm auf die Wache gekommen bin. Schau dir doch nur mal diesen Fall an: Eine anarchistische Verschwörung und Schaack hat nur ein paar Tage gebraucht, um dahinterzukommen! Deshalb ist der Staatsanwalt auch zu Schaack gegangen. Die Idioten in der Zentrale hätten das nie geschafft.«

»Wenn ihr Schnaubelt nun doch fasst und Lingg dazu, werden dann die anderen Verhafteten freigelassen?«

»Die meisten schon, denke ich. Aber die Anführer der Verschwörung werden bestimmt angeklagt. In Deutschland haben sie auch der anarchistischen Schlange den Kopf abgeschlagen, als sie Reinsdorf hinrichteten.«

»Wen?«

»August Reinsdorf. Ein Freund von Johann Most, der in Deutschland geblieben war. Der hat dort ein Dynamit-Attentat auf den Kaiser geplant, fast genauso wie die Russen es vor ein paar Jahren mit dem Zaren gemacht haben. Hat beim Kaiser nicht geklappt, denn den zwei Kerlen, die Reinsdorf damit beauftragt hatte, ist die Zündschnur nass geworden. Hingerichtet hat man ihn trotzdem, vor drei Monaten erst. Die Anarchisten hier haben ihn natürlich als Märtyrer gefeiert.«

»Du kennst dich gut aus, was die Anarchisten betrifft.«

»Weiß ich alles von Schaack, der liest jedes Buch und jeden Artikel über den Anarchismus, auf Englisch und auf Deutsch, auch was die Anarchisten selber schreiben. Ständig erzählt er uns, wie gut die russische Polizei arbeitet, wenn es um die Aufdeckung anarchistischer Komplotte geht, und dass wir uns daran ein Beispiel nehmen können.« Loewenstein trank einen Schluck Bier und fügte noch hinzu: »Grinnell, der Staatsanwalt, ist auf jeden Fall froh, dass er sich auf einen Mann wie Schaack verlassen kann. In der Zentrale haben sie doch keine Ahnung, was den internationalen Anarchismus betrifft.«

»Und ihr seid euch sicher, dass es sich um eine Verschwörung handelt?«

»Ja, ganz sicher. Am Abend vor der Explosion haben sich die radikalsten Elemente aus der ganzen Stadt in einer dieser Anarchistenkneipen getroffen. Greif's heißt die. Da haben sie eine geheime Versammlung im Keller abgehalten und einem Plan zugestimmt, am nächsten Tag Bomben in alle Polizeistationen zu werfen. Wie Schaack vorhin bereits gesagt hat: Die Explosion auf dem Haymarket sollte das Signal zum Losschlagen sein.«

»Daran gibt es keine Zweifel?«

»Nein, wir haben die Aussagen von mehreren Teilnehmern.«

»Wie habt ihr das denn geschafft?«

»Das ist auch so eine Geschichte: Schaack war vor ein paar Tagen spät abends auf dem Heimweg und da wartete ein Kerl mit verhülltem Gesicht in der Nähe von seinem Haus. Schaack hat natürlich gedacht, die Anarchisten wollen ihn umlegen, aber der Kerl wollte nur eine anonyme Aussage machen. Er hatte eine Heidenangst, dass man ihm die

Kehle durchschneiden würde, wenn je herauskam, dass er zu Schaack gegangen war. Von ihm haben wir von dieser Versammlung erfahren und vor allem, wer dort was gesagt hat. Alle, die wir kriegen konnten, haben wir verhaftet und mit den Informationen unter Druck gesetzt.«

»Die bewährte Methode ...«

»Genau. Jedenfalls hat George Engel, ein Anarchist der übelsten Sorte, dort einen Plan vorgelegt, laut dem ein Eingreifen der Polizei auf dem Haymarket mit einem Angriff auf alle Polizeistationen beantwortet werden sollte. Verschiedene Gruppen haben sich bereitgehalten, um Bomben in die Wachen zu werfen. Fliehende Polizisten sollten erschossen werden. Als Signal, dass das der Tag der Revolution war, diente das Wort Ruhe, das im Briefkasten der *Arbeiter-Zeitung* stand. Engels Freund Adolph Fischer hat dafür gesorgt, dass es in der Ausgabe vom 4. Mai erschien, und er hat auch die Flugblätter für die Kundgebung auf dem Haymarket drucken lassen.«

»Und warum ist dann nichts passiert?«

»Das Durchgreifen der Polizei auf dem Haymarket muss den Anarchisten den Mut geraubt haben.«

Ob Loewenstein das wirklich glaubte? Jack hatte eher den Eindruck, Schaack, der Staatsanwalt oder wer auch immer hatte diese Antwort als Standarderklärung ausgegeben.

Am frühen Nachmittag klopfte Jack an die Tür des kleinen Hauses, in dem die Familie Spies wohnte. Dr. Thilo, der von Dr. Schaller genannte Arzt, hatte ihm erzählt, Henry Spies, der Bruder von August Spies, habe auf der Haymarket-Kundgebung eine Schussverletzung davongetragen.

Eine Frau Mitte fünfzig öffnete die Tür und musterte Jack misstrauisch.

»Frau Spies?« Jack vermutete, dass sie die Mutter von August und Henry Spies war.

»Was wünschen Sie?« Wahrscheinlich hielt sie Jack für einen Polizisten.

»Mein Name ist Jack Hunhoff. Ich bin ein Freund von Andreas Brenner, der bei der *Arbeiter-Zeitung* arbeitet. Dr. Thilo war so freundlich, mir Ihre Adresse zu geben. Ich würde gern kurz mit Henry sprechen.«

»Und woher weiß ich, dass das stimmt?«

Eine junge Frau trat neben die Mutter. »Wie war noch mal Ihr Name?«

»Jack Hunhoff.«

»Ich kenne einen Bob Hunhoff ...«

»Das ist mein Bruder. Schauen Sie, ich habe hier ein Schreiben meines Herausgebers. Ich arbeite bei der *Dakota Zeitung*, aber deshalb bin ich nicht hier. Ich versuche, Andreas zu helfen.«

Die Frauen wandten sich ein wenig ab und flüsterten miteinander. »Die beiden sehen sich sehr ähnlich«, hörte Jack die jüngere Frau sagen. Und dann: »Kommen Sie bitte herein, Herr Hunhoff.«

Sie gab ihm die Hand. »Ich bin Gretchen Spies und das ist meine Mutter. Wir müssen vorsichtig sein, den Pinkertons ist alles zuzutrauen. Sie haben versucht, meinen Bruder zu ermorden.«

»Henry? Deshalb ...«

»Nein, sie wollten August hinterrücks erschießen. Darum ist Henry ja verletzt worden. Kommen Sie, er kann es Ihnen selber erzählen.«

Jack folgte ihr in ein Schlafzimmer im hinteren Teil des Hauses. Henry Spies, ein Mann Mitte zwanzig mit gescheiteltem Haar und gepflegtem Schnauzbart, saß mit einigen Kissen im Rücken im Bett und sah Jack aufmerksam entgegen. Vor ihm lag eine aufgeschlagene *Chicago Tribune* und auf dem Nachttisch ein ganzer Stapel zusammengefalteter Zeitungen.

»Henry, das ist Jack Hunhoff, der Bruder von Bob Hunhoff.«

»Na, das ist ja eine Überraschung!«, rief der Verletzte. »Wie geht es Bob?«

»Danke, gut. Aber ich bin eigentlich wegen Andreas Brenner hier ...«

»Andreas Brenner? Der ist bestimmt auch verhaftet worden, oder? Die haben doch alle eingesperrt, die bei der *Arbeiter-Zeitung* waren.«

»Ihre Schwester hat mir eben erzählt, man hätte versucht, Ihren Bruder zu erschießen.«

»Nach der Explosion tauchte plötzlich ein Kerl hinter ihm auf und setzte ihm die Pistole auf den Rücken. Ich stand gleich daneben und konnte noch rechtzeitig seinen Arm greifen. Dieser Verbrecher hat mir dabei glatt in den Unterleib geschossen.« Und an seine Schwester gewandt: »Zeig unserem Gast doch mal die Unterhose!«

Gretchen Spies zog die oberste Schublade einer Kommode auf und gab ihrem Bruder die Unterhose. Der steckte den Zeigefinger durch ein Loch in der Vorderseite und ein Loch in der Hinterseite. »Sehen Sie, hier rein und da raus. Der Doktor meinte, ich hatte riesiges Schwein.«

»Kannten Sie den Mann, der Ihren Bruder erschießen wollte?«

»Nein, nie gesehen. Möglicherweise ein Pinkerton. Oder ein gekaufter Krimineller. Was sowieso aufs Gleiche rauskommt. Wie dem auch sei, das war mit Sicherheit geplant. Da wollte sich jemand nicht auf die Kugeln der Polizei verlassen, sondern ganz sichergehen.« Henry Spies trank einen Schluck Wasser. »Bonfield muss davon gewusst haben, warum wäre er sonst so kurz vor dem Ende der Kundgebung noch anmarschiert gekommen? Dafür gab es keinen ersichtlichen Grund! Alles ist friedlich verlaufen und ein paar Minuten später wäre sowieso niemand mehr dort gewesen. Es hatte doch angefangen zu regnen.«

»Haben Sie Andreas auf der Kundgebung gesehen?«

»Ja, sicher, der stand auch gleich vorn beim Wagen, nur ein paar Schritte von mir entfernt. Ich habe ihn dann aber in dem Durcheinander nicht mehr gesehen. August hat auch nicht mitbekommen, dass ihn da einer aus nächster Nähe abknallen wollte und mich stattdessen erwischt hat.«

»Ich nehme an, Sie haben nicht gesehen, wer die Bombe geworfen hat?«

»Nein, keine Ahnung. Da waren zu viele Leute und dunkel war es auch.«

»Die Polizei glaubt, es war Schnaubelt.«

»Nun ja, Rudolph ist in der Tat ein Mitglied der bewaffneten Gruppen. Engel und Fischer sind da die Wortführer. Denen ist die *Arbeiter-Zeitung* zu zahm, die haben keine Geduld. Dem einen oder anderen von denen würde ich das schon zutrauen, Rudolph eigentlich weniger.«

»Er könnte aber in der Nähe gestanden haben?«

»Hat er ja auch, aber da waren noch zwei Dutzend andere. Ein paar von denen hatte ich vorher noch nie gesehen. Die waren entweder nicht aus Chicago oder es waren Pinkertons dabei, wahrscheinlich trifft beides zu.«

»Hatte Schnaubelt etwa Kontakte zu den Pinkertons?«

»Rudolph ein Spitzel? Niemals, dafür würde ich meine Hand ins Feuer legen! Der ist einer der zuverlässigsten Genossen. Darum wollen sie ihm doch an den Kragen und deshalb ist er auch geflüchtet.«

Als Jack sich von der Familie Spies verabschiedete, war es später Nachmittag. Er beschloss, zu Sophie zu fahren, ihre Wohnung befand sich nur ein paar Straßenbahnstationen entfernt. Er hoffte von ganzem Herzen, dass Andreas inzwischen freigelassen worden war und sich damit alle weiteren Nachforschungen erübrigten.

Als Sophie ihm die Tür öffnete, wusste er, dass er umsonst gehofft hatte. Das Gesicht der jungen Frau war von Schlaflosigkeit und Sorgen gezeichnet.

»Wo ist Bob?«, fragte sie und spähte ins Treppenhaus.

»Lass mich erst mal reinkommen.«

Nachdem sie die Tür hinter ihm geschlossen hatte, berichtete ihr Jack von seinem Treffen mit Bob im Zoo.

»Bob ein Spitzel, wie kommen die denn darauf?«

»Das verstehe ich auch nicht. Ich habe heute seinen Namen gegenüber einem Arzt erwähnt, der Anarchisten behandelt, und auch gegenüber Henry Spies, und die haben nichts in der Richtung gesagt. Für die scheint Bob nach wie vor ein guter Freund zu sein.«

»Das ist ja merkwürdig.«

»Das kannst du laut sagen. Und Andreas? Gibt es da was Neues?«

»Ich war heute Morgen wieder auf der Wache, aber sie erlauben mir einfach nicht, ihn zu besuchen.«

»Haben sie gesagt, warum?«

»Die Untersuchung ist noch nicht abgeschlossen, haben sie gesagt.«

Jack überlegte, ob er Sophie etwas von der Liste auf Schaacks Schreibtisch erzählen sollte, entschied sich aber dagegen. Offenbar war Schaack noch nicht mit Andreas fertig, was auch immer er zu erreichen beabsichtigte.

»Hast du gefragt, wie lange das noch dauern kann?«

»Sie haben meine Frage einfach ignoriert und gesagt, ich solle nach Hause gehen.« Sie begann zu weinen. »Ich verstehe das nicht. Andreas hat doch nichts getan, da können sie ihn doch nicht so lange einsperren.«

Jack wusste nicht, wie er die junge Frau trösten sollte. Er

versuchte es aber: »Loewenstein, der Lieutenant, der neulich hier war, ist ein alter Kollege von mir und der hat mir gesagt, sie hätten den Bombenwerfer schon verhaftet gehabt und dann laufen gelassen, bevor sie wussten, wen sie da hatten. So einen Fehler wollen sie anscheinend nicht noch einmal machen, deshalb behalten sie erst mal alle da.«

Sophie sah ihn hoffnungsvoll an. »Das heißt, Andreas kommt frei, wenn sie den Schuldigen wieder gefasst haben?«

Jack nickte, obwohl er sich nicht ganz sicher war, denn Schaack wollte ja zweifellos einige der Verhafteten dazu bringen, als Zeugen auszusagen.

»Egal was passiert, du solltest alles vorbereiten, damit ihr Chicago sofort verlassen könnt.«

»Egal was passiert? Was meinst du damit?«

»Ich meine, nachdem Andreas wieder frei ist.« Er zögerte und sagte dann: »Hör mal, die Staatsanwaltschaft und die Polizei werden vielleicht versuchen, Andreas dazu zu bringen, in ihrem Sinne auszusagen.«

»Er soll seine Genossen verraten? Das macht er nie!«

»Man wird ihn erpressen, bedrohen, möglicherweise auch bestechen. Die wissen genau, wie man das anstellt.«

Sophie sah jetzt wieder sehr besorgt aus.

»Auf jeden Fall solltet ihr hier weg. Schon des Kindes wegen.«

»Und wo sollen wir hin?«

»Kommt mit nach Neufeld. Da seid ihr erst einmal sicher. Und dann könnt ihr immer noch überlegen. Wir sollten unbedingt alle zusammen die Stadt verlassen, sobald Andreas auf freiem Fuß ist.«

Es klopfte an der Tür. Sophie und Jack sahen sich an. Nach der Polizei hatte sich das nicht angehört, dafür war das Klopfen zu zaghaft. Jedenfalls hoffte Jack das, denn was sollte er

Schaack oder Loewenstein sagen, wenn sie ihn in der Wohnung eines inhaftierten Anarchisten antrafen?

Sophie fragte durch die Tür: »Wer ist denn da?«

»Ich bin es, Johanna«, war die Stimme einer Frau zu vernehmen.

Johanna Fischer war eine zierliche Frau. Ihre Kinder, ein Junge und ein Mädchen, waren etwa zwei und drei Jahre alt, und es war nicht zu übersehen, dass die erschöpft wirkende junge Frau bald ein weiteres Kind erwartete. Sie sah Jack verunsichert an.

»Das ist Jack, ein Freund der Familie«, stellte Sophie ihn vor und nahm Ella, die auf dem Boden herumgekrochen war, auf den Schoß. »Du kannst ganz offen reden, er ist hier, um uns zu helfen. Setzt euch doch aufs Sofa.«

»Hast du von Andreas gehört?«, fragte Johanna Fischer.

»Ich weiß nur, dass er in der Chicago Avenue Station festgehalten wird.«

»Adolph ist in der Central Police Station, ich darf ihn aber nicht besuchen.«

»Ich habe Andreas auch noch nicht gesehen.«

Einen Moment herrschte Schweigen. Die Kinder drängten sich an ihre Mütter und waren ebenfalls still. Der kleine Junge sah Jack neugierig an.

»Ich war heute bei den Anwälten, Salomon und Zeisler heißen sie«, sagte Johanna Fischer. »Die sind jünger als wir. Wie sollen die bloß unseren Männern helfen?«

»Wo ist denn ihre Kanzlei?«, fragte Jack. Er nahm sich vor, den beiden am nächsten Tag einen Besuch abzustatten. Vielleicht würde er dann besser einschätzen können, ob sich Andreas in ernsthafter Gefahr befand.

»In der Lake Street, gleich gegenüber von Greif's.«

Greif's? Das war doch die Kneipe, von der Loewenstein gesprochen hatte und in der dieser Engel den Plan verkündet haben soll, Bomben in die Polizeistationen zu werfen. »Frau Fischer, kennen Sie einen Mann namens Engel?«

Johanna Fischer sah ihn verwundert an. »George Engel, ja, natürlich, das ist der beste Freund von meinem Adolph. Eine Zeitung haben sie zusammen herausgegeben, *Anarchist* hieß die.«

»Die *Arbeiter-Zeitung* war ihnen nicht anarchistisch genug, nicht wahr?«

»Ja, die beiden haben immer nur auf Spies geschimpft, er sei gar kein richtiger Anarchist.«

»Nicht so wie Johann Most.«

Johanna Fischer lachte bitter. »Ich kann den Namen nicht mehr hören. Für Adolph und George ist der Most ein Held. Dauernd haben sie davon erzählt, wie der in New York unter falschem Namen in einer Dynamitfabrik gearbeitet hat, um zu lernen, wie man das herstellt.« Tränen rannen über ihre Wangen und ihre kleine Tochter fing auch zu weinen an. »Ich wünschte, Adolph hätte George Engel niemals kennengelernt und hätte nie etwas von Most erfahren.«

Jack wusste nicht, ob er eine ehrliche Antwort erhalten würde, fragte aber trotzdem: »Frau Fischer, hat Ihr Mann auch Bomben gebaut?«

»Über diese Dinge hat Adolph mit mir kaum gesprochen, wahrscheinlich wollte er mich nicht beunruhigen. Nur einmal hat er mir erzählt, wie ein paar Freunde von ihm außerhalb der Stadt mit Dynamit experimentiert haben und es einem von ihnen alle Finger der rechten Hand abgerissen hat. Da hab ich mir gleich große Sorgen gemacht, denn wie soll Adolph als Setzer arbeiten, wenn ihm die Finger fehlen? Obwohl, was jetzt werden soll ...«

»Was haben die Anwälte denn gesagt?«

»Man werde wohl einem ganzen Dutzend Anarchisten den Prozess machen und wir müssten auf das Schlimmste gefasst sein. Sie glauben, Adolph wird angeklagt, weil er mit George diese Zeitung herausgegeben hat und auch sonst überall mit dabei war. Der Anarchismus ist sein Lebenstraum, müssen Sie wissen. Er hat immer gesagt, die Revolution kommt bald und unsere Kinder werden in Freiheit leben.«

Jack blickte zu Sophie hinüber, die in sich zusammengesunken war und vor sich hinstarrte. Johanna Fischer bemerkte das auch und tröstete Sophie: »Andreas war ja gar nicht so richtig dabei. Adolph hat ein paar Mal erzählt, dass es ihm einfach nicht gelingt, Andreas für den Lehr und Wehr Verein zu gewinnen.« Sie lachte kurz auf. »Und dann hat er wieder über Spies und Parsons und die anderen geschimpft, dass die doch eigentlich Kommunisten seien.«

Jack dachte daran, dass viele Leute, besonders die Presse und die Polizei, die Bezeichnungen Anarchist, Sozialist und Kommunist auswechselbar verwendeten. Allerdings schien es ganz erhebliche Meinungsverschiedenheiten unter diesen Gruppen zu geben. Er nahm sich vor, Bob einmal nach den Gründen zu fragen.

Johanna Fischer stand auf. »Ich muss wieder los.« Sie nahm ihre kleine Tochter auf den Arm und der Junge lief zur Tür. »Vielleicht wird ja doch noch alles gut«, sagte sie zu Sophie und verabschiedete sich auch von Jack. Die zierliche Frau tat ihm leid.

Nachdem sie weg war, meinte er: »Ich gehe morgen zu den Anwälten, die wissen sicher mehr und möglicherweise haben sie sogar schon mit Andreas gesprochen.«

»Soll ich mitkommen?«

»Nein, lass mich das mal machen. Ich komme morgen wieder vorbei und sage dir dann, was ich erfahren habe.« Jack machte sich ebenfalls ans Gehen.

»Das ist alles meine Schuld«, brach es plötzlich aus Sophie heraus. »Ich habe Andreas überredet, nach Chicago zu ziehen, weil ich nicht auf dem Land leben wollte. Und jetzt sitzt er im Gefängnis!«

»Das konnte doch keiner ahnen«, versuchte Jack sie zu trösten. »Irgendwie werden wir Andreas da schon rausbekommen und dann solltet ihr wirklich die Stadt verlassen.«

»Machen wir. Glaub mir, ich habe von Chicago genug. Von mir aus können wir den Rest unseres Lebens in der Prärie verbringen.«

Ich auch, dachte Jack.

13. Mai 1886

So jung hatte sich Jack den Anwalt Moses Salomon nun doch nicht vorgestellt. Er war höchstens Mitte zwanzig und hatte ein langes Gesicht, das in seiner Form durch die kurzen Haare noch betont wurde. Im Gegensatz zu den meisten Männern in Chicago trug der Anwalt weder Vollbart noch Schnauzer. Seine Augen waren freundlich und intelligent, seine Stimme angenehm. Nachdem sich Jack als Freund von Andreas Brenner vorgestellt hatte, seufzte der Anwalt und erklärte: »Herr Hunhoff, es tut mir sehr leid, ich kann Ihnen im Augenblick nicht helfen. Mein Kollege Zeisler und ich kommen kaum noch zum Schlafen.«

»Haben Sie denn nicht die Verteidigung aller verhafteten Anarchisten übernommen?«

»Wir werden diejenigen verteidigen, die letztendlich vor Gericht gestellt werden. Ich glaube, man wird uns nicht viel Zeit zur Vorbereitung geben. Deshalb müssen wir vor allem so schnell wie möglich einen erfahrenen Anwalt für unseren Fall gewinnen.«

»Sie erwähnten Ihren Kollegen Zeisler ...«

»Der ist noch jünger als ich. Kein Anwalt in Chicago will etwas mit den Anarchisten zu tun haben. Das ist schlecht für den eigenen Ruf, immerhin kommen die Klienten, die eine Anwaltskanzlei am Laufen halten, aus der Geschäftswelt. Wer die Anarchisten verteidigt, setzt seine eigene Existenz aufs Spiel. Deshalb ist es auch so schwer, einen gestandenen Kollegen zu finden.«

»Sie haben keine Angst?«

»Zeisler und ich betreiben unsere kleine Kanzlei erst seit einem Jahr, wir haben nichts zu verlieren. Aber leider haben wir auch kaum Prozesserfahrung und unter Umständen wird das Leben unserer Mandanten auf dem Spiel stehen. Deshalb brauchen wir ganz dringend jemanden mit Erfahrung.«

»Und wer bezahlt für die Verteidigung? Sie machen das doch sicher nicht umsonst?«

»Nein, das könnten wir uns gar nicht leisten. Es gibt ein Komitee, das Geld für die Verteidigung sammelt. Geleitet wird es von einem alten Sozialisten und einem Gewerkschafter, Ernst Schmidt und George Schilling.«

»Ja, ich kenne die Namen noch aus meiner Zeit hier in Chicago. Ist das der Schmidt, der Ende der Siebziger beinahe Bürgermeister geworden wäre? Anarchisten sind die beiden aber nicht, soviel ich weiß.«

»Nein, gewiss nicht. Aber Männer, auf die man sich trotz aller Meinungsverschiedenheiten in der Not verlassen kann. Davon gibt es im Moment nicht so viele.«

»In einer Situation wie dieser zeigt sich bei vielen wohl der wahre Charakter.«

»Unbedingt. Das Komitee sammelt Geld unter Gewerkschaftern, Mitgliedern von Turnvereinen und allen, die noch einen Funken Anstand haben. Der anderen Seite stehen jedoch ganz andere Mittel zur Verfügung, die bezahlen Informanten und Privatdetektive und wir vermuten, sie kaufen auch Zeugenaussagen. Woher dieses Geld kommt, können Sie sich denken.«

»Ja, natürlich.«

»Jedenfalls machen wir, also Zeisler und ich, uns große Sorgen, dass man ein Exempel statuieren will. Das bringt unsere Mandanten in allerhöchste Lebensgefahr.«

»Aber Schnaubelt hat man laufen lassen.«

»Der angebliche und vielleicht auch tatsächliche Bombenwerfer. Seine Freilassung war bestimmt kein Versehen.«

»Man hat ihn absichtlich laufen lassen? Heißt das womöglich, er wurde für die Tat bezahlt?«

»Das glaube ich nicht. Alle, mit denen ich gesprochen habe, halten das für ausgeschlossen. Der ist mit ganzem Herzen Anarchist. Aber wenn man ihn als Täter vor Gericht stellen würde, wäre es der Öffentlichkeit schwerer zu vermitteln, warum man auch noch eine Reihe anderer Leute anklagt. Ohne Schnaubelt kann man sich auf die führenden Anarchisten als Anstifter oder Verschwörer konzentrieren und diese endlich ausschalten. Schnaubelt, oder wer auch immer die Bombe geworfen hat, würde da nur stören.«

»Und Sie denken, diese Strategie wird erfolgreich sein?«

»Wir müssen das auf jeden Fall sehr ernst nehmen. Wir befürchten, der Prozess wird schon bald beginnen, solange die Stimmung in der Stadt noch aufgeheizt ist und die Öffentlichkeit die Todesstrafe befürwortet.«

»Wie bald?«

»Ich habe Gerüchte gehört, dass die Anklage nächste Woche erhoben wird.«

»Was, nächste Woche schon?«

»Ich sage ja, die wollen das Eisen schmieden, solange es heiß ist.«

»Ist da gar nichts, womit ich Andreas helfen kann?«

»Wenn er angeklagt wird, werden wir natürlich auch seine Verteidigung übernehmen. In der Zwischenzeit sollten Sie ihm eine Nachricht zukommen lassen.«

»Eine Nachricht? Wie denn, wenn nicht einmal seine Frau zu ihm darf.«

»Wo ist er inhaftiert?«

»In der Chicago Avenue Station.«

»Schicken Sie einen Obdachlosen zu ihm.«

»Wie bitte?«

»Die Chicago Avenue Station ist eine jener Wachen, wo jede Nacht einige Obdachlose übernachten dürfen.«

Jack schaute fragend. Moses Salomon klärte ihn auf: »Eine Anweisung des Bürgermeisters, damit die Leute sehen, dass sein Herz auch für die Armen schlägt. Beauftragen Sie also jemanden, eine kurze Nachricht zu überbringen. Nur einige Worte, die er rufen kann, nachdem man ihn in eine Zelle eingeschlossen hat.«

»Und was soll ich Andreas ausrichten lassen?«

»Kurz gesagt: Er soll seinen Mund halten. Da Ihr Freund kein namhafter Anarchist ist, vermute ich, man will ihn zu einer Zeugenaussage bringen. Wenn er aber nichts sagt, ist er von keinem Nutzen und man wird ihn wahrscheinlich laufen lassen.«

»Haben Sie sich eigentlich Gedanken darüber gemacht, wie es mit Ihnen weitergehen soll?«

Andreas wusste nicht, was er auf die Frage, mit der ihn Schaack empfing, antworten sollte.

»Wollen Sie nicht einfach für Ihre Familie sorgen und ein ordentliches Leben führen? Ich kann Ihnen mit meinen Kontakten zu den Blättern hier in Chicago helfen, Herr Brenner.« Während Schaack das sagte, hatte er einen Stapel Zeitungen, der vor ihm auf dem Tisch lag, demonstrativ angehoben. »Ich kann Sie da unterbringen, aber Sie müssen mir ebenfalls einen Gefallen tun.«

Jetzt war klar, worauf Schaack hinauswollte, aber Andreas erwiderte noch immer nichts. Es würde sicher nicht lange dauern, bis Schaack ihm erneut drohte. Zwei Tage hatte er ihn nach dem ersten Verhör in seiner Zelle schmoren lassen, zwei Tage lang hatte Andreas Zeit, über jedes Wort nachzudenken, das vorgestern gesagt worden war. Und immer wieder: Warum hat Schaack nach Bob Hunhoff gefragt?

Captain Schaack stand auf und kam um den Schreibtisch herum. Dieses Mal packte er ihn nicht am Kragen, sondern legte seine Hand auf Andreas' Schulter. »Sie müssen einfach nur bereit sein, vor Gericht die Wahrheit zu sagen. Mehr verlange ich gar nicht.«

»Ich habe Ihnen alles gesagt, was ich weiß.«

Schaack schüttelte den Kopf und ging zurück zu seinem Stuhl. »Das haben die meisten Ihrer Kameraden auch erst gemeint, aber dann waren sie doch klug genug und haben ausgepackt. Vieles wussten wir allerdings schon, insbesondere wenn jemand mit seiner Aussage zu lange gewartet hat. Herr Brenner, wenn Sie sich nicht beeilen, dann hat der Staatsanwalt keinen Bedarf mehr, Sie im Prozess als Zeuge auftreten zu lassen. Dann werden Sie mit den anderen Uneinsichtigen auf der Anklagebank sitzen.« Er machte eine kurze Pause und Andreas rutschte auf seinem Stuhl unruhig hin und her. »Wenn ich ehrlich bin, glaube ich nicht, dass Sie das verdient haben«, setzte Schaack fort. »Aber die Öffentlichkeit will ein paar Leute hängen sehen, und viele Ihrer Anarchistenfreunde haben das begriffen und ihren Kopf bereits durch eine Aussage aus der Schlinge gezogen.«

Andreas fragte sich, ob Schaack die Wahrheit sprach. »Ich habe wirklich nicht gesehen, wer die Bombe geworfen hat.«

»Das wissen wir schon: Rudolph Schnaubelt war's.«

Hatte Walter Schmied, sein kurzzeitiger Zellengenosse, das nicht auch gesagt? Wahrscheinlich war er tatsächlich ein Spitzel.

»Das verstehe ich nicht«, sagte Andreas leise. »Wenn Sie das wissen, wozu brauchen Sie mich dann noch?«

»Weil es nicht nur darum geht, wer die Bombe geworfen hat, sondern auch darum, wer dahintersteckt!« Schaack wurde lauter. »Um die Anstifter geht es, um Spies, Parsons, Fielden, Schwab.«

Andreas begriff, dass man die Anarchisten in Chicago auslöschen wollte. Und er sollte dabei helfen.

»Also, Herr Brenner, dann sagen Sie mir bitte, was Sie über Bob Hunhoff wissen.«

Da war sie also wieder, die Frage. Andreas war darauf vorbereitet. »Herr Hunhoff ist ein Nachbar meines Vaters im Dakota-Gebiet.«

»Ja, ich weiß. Wann hat er damit begonnen, Sie für den Anarchismus anzuwerben?«

»Er hat mich nicht angeworben.«

»Wirklich nicht? Hat er Ihnen nicht die Stelle bei der *Arbeiter-Zeitung* besorgt?«

»Ja, aber ...«

»Und haben Sie nicht eine ganze Bibliothek anarchistischer Schriften in Ihrer Wohnung?«

»Schon ...«

»Erzählen Sie mir doch nicht, Ihr Interesse für den Anarchismus hätte erst hier in Chicago begonnen.« Schaack lehnte sich zurück und wartete auf eine Antwort. Andreas überlegte fieberhaft, worauf Schaack hinauswollte. Warum brachte Schaack Bobs Namen ins Spiel? Andreas hatte ihn seit zwei Jahren nicht gesehen. Sie standen auch nicht in direktem Briefwechsel, sondern hatten einander nur hin und wieder Grüße ausrichten lassen. Hatte Schaack geraten, dass Andreas ihn kennt? Hätte er lieber so tun sollen, als sei Bob ihm unbekannt? Dafür war es nun zu spät.

»Wann hat Bob Hunhoff begonnen, mit Dynamit zu experimentieren?«

Bob und Dynamit? Wie kam Schaack denn auf diese Idee? Bestimmt wollte er ihn reinlegen. »Herr Hunhoff hatte kein Dynamit. Das braucht man dort nicht.«

»Aber hier braucht man es, nicht wahr? Und von den Black Hills haben Sie doch schon gehört?«

»Ja, das ist ein Gebirge im Westen des Dakota-Gebiets.«

»In dem fleißig Bergbau betrieben wird. Und was nutzt man im Bergbau?«

»Ich weiß nicht ...«

»Ich sage es Ihnen: Dynamit!« Schaack blätterte in seinen Notizen. »Wie oft ist Bob Hunhoff in die Black Hills gereist?«

»Soweit ich weiß, überhaupt nicht.« Andreas musste nicht lügen.

»Herr Brenner, sagt Ihnen der Name Louis Lingg etwas?«

»Ja.«

»Hat Louis Lingg nicht von Bob Hunhoff das Dynamit bekommen, mit dem er die Bombe für den Haymarket gebaut hat?«

Andreas starrte Schaack an. Hatte der Mann den Verstand verloren?

»Und haben Sie nicht die Verbindung zwischen den beiden hergestellt?«

»Ich kenne Louis Lingg nur vom Sehen.«

»Herr Brenner, Sie sind des Öfteren mit Adolph Fischer und Louis Lingg bei Zepf's und bei Neff's gesehen worden.«

Andreas war tatsächlich einige Male nach der Arbeit in diese Kneipen gegangen, um ein Bier mit Adolph Fischer zu trinken. Und ja, in den letzten Wochen war Louis Lingg auch oft dort gewesen. Fischer und Lingg hatten auf ihn eingeredet, er solle sich dem Lehr und Wehr Verein anschließen, aber er hatte es nicht getan, weil Sophie strikt dagegen war. »Ich verstehe den Adolph nicht«, hatte sie erst vor Kurzem gesagt. »Der hat eine Frau und zwei Kinder und ein drittes ist auf dem Weg und er handelt so leichtsinnig.« Andreas hatte ihr erzählt, dass Fischer und einige andere Männer außerhalb von Chicago die Wirkung von Dynamit getestet hatten. Aber was sollte er Schaack sagen? Der schien eine Menge über die Anarchisten zu wissen, nur was Bob Hunhoff betraf, war offenbar die Fantasie mit ihm durchgegangen.

»Die Kneipen sind immer voll. Ich war mit Adolph Fischer dort, nach der Arbeit. Und der hat sich mit vielen Leuten unterhalten.«

»Lingg hat Sie nicht gefragt, ob Sie Dynamit besorgen können?«

»Nein.« Das war gelogen, denn Lingg hatte ihn in der Tat einmal gefragt.

»Herr Brenner, haben Sie Louis Lingg die Adresse von Bob Hunhoff gegeben?«

»Nein.«

»Wenn Sie es nicht waren, wer war es dann?«

»Niemand.«

»Herr Brenner, sagen Sie die Wahrheit. Denken Sie an Ihre Familie! Wir haben Bob Hunhoff hier in Chicago gesehen. Warum ist er hier?«

Bob war in Chicago? »Das muss ein Irrtum sein.«

»Nein, ganz sicher nicht. Sein Bruder ist ebenfalls hier.«

Jack war auch in Chicago? Etwa, um ihm zu helfen? Sophie musste sie benachrichtigt haben. Unwillkürlich lächelte er ein wenig.

»Glauben Sie, dass das alles ein Scherz ist?«, schrie Schaack und schlug mit der Faust auf den Tisch. »Wissen Sie was? Ich bin fertig mit Ihnen! Jetzt liegt es am Staatsanwalt, was er mit Ihnen macht.« Schaack rief nach dem Schließer und würdigte Andreas keines Blickes mehr.

Jack ging wie versprochen bei Sophie vorbei und berichtete ihr von seinem Treffen mit Moses Salomon. Die junge Frau gewann an Zuversicht, als Jack ihr erzählte, der Anwalt glaube nicht, dass Andreas angeklagt würde. »Wenn man ihn doch nur bald freilässt«, sagte sie. »Ich habe alle wichtigen Sachen eingepackt, wir können sofort aus Chicago abreisen, wenn Andreas das auch will.«

»Er muss. Hierbleiben wäre nicht klug.« Jack fürchtete, dass sich Andreas nicht nur vor der Polizei vorsehen müsste, sondern auch vor den Anarchisten. Wie schnell das Gerücht entstehen konnte, dass jemand ein Verräter ist, hatte Bob ja vor einigen Tagen erfahren müssen. »Die Anklage wird womöglich schon nächste Woche erhoben, hat Moses Salomon gesagt.«

»Nächste Woche? Heißt das, Andreas kommt dann frei?«

»Ich hoffe es.«

»Und was ist mit dieser Nachricht, die du erwähnt hast? Ein Obdachloser soll die überbringen?«

»Ja, das hat mir Salomon geraten. Er hat gemeint, Andreas soll einfach nichts sagen, dann würde man ihn wahrscheinlich laufen lassen.«

»Aber er hat mit der Sache nichts zu tun. Da kann er denen doch sowieso nichts erzählen.«

»Glaub mir, die wissen, wie sie dir Worte in den Mund legen oder Aussagen so verdrehen, dass sie ihnen nützen.«

»Und wie willst du einen Obdachlosen finden, der das macht?«

»Obdachlose gibt es ja nun wirklich genug in Chicago. Für ein bisschen Geld macht das bestimmt jemand.«

»Und wenn der dich bei der Polizei verpfeift?«

Daran hatte Jack noch nicht gedacht. »Dann wird es wohl besser sein, wenn ich ihm meinen Namen nicht verrate.«

»Ist das denn wirklich notwendig?«

»Wir sollten nichts unversucht lassen. Je näher die Anklageerhebung rückt, desto mehr Druck wird Schaack vielleicht auf Andreas ausüben.«

»Na gut, wenn du das für richtig hältst. Ich habe übrigens heute Morgen etwas erfahren, von Mary Engel, der Tochter von George Engel, dem Freund von Adolph Fischer.«

»Und was?«

»Mary meinte, Louis Lingg, ein anderer Freund von Fischer, hätte eine Stunde vor der Explosion bei Neff's Bomben ausgeteilt.«

Jack hatte schon von Neff's gehört. Die Kneipe im Nordwesten Chicagos war als »Kommunistenbude« stadtbekannt. Und erwähnte Schaack nicht gestern bei der Begehung des Tatorts, dass Louis Lingg die Bombe gebaut hatte, die auf der Kundgebung explodiert war? Trotzdem war Jack erstaunt: »Was meinst du denn damit, er hätte Bomben ausgeteilt?«

»Das ist alles, was ich weiß. Ich fand das auch merkwürdig, man geht doch nicht einfach in eine Kneipe und verteilt Bomben. Mary hat noch gesagt, ihr Vater wäre den ganzen Abend über zu Hause gewesen. Am nächsten Morgen haben sie ihn dann trotzdem verhaftet.«

»Na gut, ich gehe dem mal nach. Wenn ich rausbekomme, wem Lingg die Bomben gegeben hat, sind wir ein ganzes Stück weiter.«

Jack verabschiedete sich von Sophie und fuhr mit der Bahn bis zur Kreuzung von Milwaukee Avenue und North Avenue. Dort stieg er um und erreichte so recht schnell die Stelle, wo sich North Avenue, Halsted Street und Clybourn Avenue kreuzten. Solche Dreierkreuzungen konnte man in Chicago oft finden, wenn man sich ein wenig vom Stadtzentrum entfernte, und das Gewimmel aus Straßenbahnen, Pferdefuhrwerken und Passanten war auch hier noch enorm. Jack fand es immer wieder bemerkenswert, dass die Zahl der

Unfälle bei der Unübersichtlichkeit dieser Kreuzungen nicht höher war. Er mochte die Gebäude, die an diesen Kreuzungen standen: Sie hatten alle dreieckige Grundrisse und wurden zur Kreuzung hin sehr schmal, gerade breit genug für eine Tür, hinter der sich meistens ein Zigarrengeschäft, eine Drogerie oder ein Lebensmittelladen verbarg.

Neff's befand sich in der Clybourn Avenue, nicht weit von der Kreuzung entfernt. Die Mittagspause in den umliegenden Fabriken war schon vorbei, darum herrschte jetzt wenig Betrieb in der Kneipe. Jack stellte sich an den Tresen und begann, in seinen Notizen zu blättern. Er musste heute unbedingt noch einen Artikel für die *Dakota Zeitung* schreiben. Er bekam ungefragt ein Bier vorgesetzt. Der Wirt war Moritz Neff, ein Mann Mitte dreißig, den Jack früher schon einmal durch seinen Bruder kennengelernt hatte. Neff schien sich daran allerdings nicht zu erinnern, denn er warf einen neugierigen Blick auf Jacks Notizbuch: »Reporter?«

»Ja, für die *San Francisco Truth*.« Jack hatte diese sozialistische Zeitung einmal bei Bob gesehen und die Behauptung, er arbeite für das Blatt, war sicher am geeignetsten, um hier an Informationen zu kommen. Dass tatsächlich ein Reporter der *San Francisco Truth* in Chicago weilte, war recht unwahrscheinlich.

»Sie sind den ganzen Weg aus Kalifornien gekommen?«

»Ja, wir können die Genossen hier doch nicht im Stich lassen.«

Neff winkte ab. »Wenn die nicht alle solche Feiglinge gewesen wären, dann könnten Sie jetzt ganz andere Sachen aus Chicago berichten.«

»Wie meinen Sie das? Soweit ich weiß, hat die Polizei minutenlang in die Menge geschossen.«

»Ja, das hat sie wohl. Einige von den Leuten, die dort waren, sind hinterher hier gewesen. Einer hat gejammert, dass er im Tumult seinen Revolver verloren hat. Und ich habe mich nur gefragt: Wo sind denn die ganzen Bomben abgeblieben? Die hatten doch angeblich eine ganze Kiste davon.«

»Eine Kiste voller Bomben?«

»Gesehen habe ich sie nicht. Mir hat erst später jemand erzählt, dass irgendwelche Männer zwei Dutzend Bomben hinten im Gang zur Toilette ausgeteilt haben.« Neff deutete auf eine Tür am Ende des Schankraums. »Ich dachte, mich trifft der Schlag, als ich das gehört habe. Wissen Sie, in welche Schwierigkeiten mich das bringen kann? Versammlungen, gut und schön, ich bin ja auch Sozialist. Aber Bomben, hier in meinem Lokal? Das geht ja nun doch ein wenig zu weit.« Neff zapfte sich selbst ein kleines Bier und kam dann zurück zu Jack. »Und trotzdem: Seit Monaten haben die davon geredet, sich mit Dynamit wehren zu wollen, falls die Polizei wieder eine Versammlung angreift. Nur ein Einziger hat das dann auch wirklich gemacht. Einer!«

»Und was ist aus den anderen Bomben geworden?«

»Keine Ahnung. Die meisten sind bestimmt in den See geworfen worden. Jedenfalls habe ich diesen Trauergestalten meine Meinung gesagt und dass sie sich auf die Folgen ihrer Unentschlossenheit gefasst machen sollen. Dann habe ich den Laden hier dichtgemacht und diese Feiglinge nach Hause geschickt. Und recht habe ich behalten: Am nächsten Morgen hat ein anderer Wind in der Stadt geweht. Jede Menge Leute verhaftet und die *Arbeiter-Zeitung* eingestellt. Ich sage dir, Genosse, entweder macht man richtig Revolution oder man lässt es ganz bleiben!« Neff ging zu einem Gast hinüber, der gerade sein Glas geleert hatte.

Ein Mann in abgerissenen Kleidern stellte sich neben Jack. Er war unrasiert und ihm fehlten mindestens die Schneidezähne. So genau wollte Jack gar nicht hinsehen. Der Mann hatte sich offenbar eine Weile nicht gewaschen, denn er roch recht unangenehm. Sein Haar war strähnig und die Augen rot, aber seine Stimme war zu Jacks Überraschung sehr klar: »Mein Herr, entschuldigen Sie die Störung, könnten Sie einem armen Teufel ein Bier erübrigen?«

Jack zögerte, dann jedoch kam ihm Moses Salomons Ratschlag in den Sinn. Diese Gelegenheit musste er beim Schopf packen.

»Ein Bier für den Kollegen hier«, rief Jack.

»Besten Dank, mein Herr«, sagte der Mann und nahm einen großen Schluck, nachdem Neff ihm ein Glas hingestellt hatte. »Bin den ganzen Tag herumgelaufen und habe vergeblich nach Arbeit gefragt, die wollen nur die jungen Burschen. Nicht jemanden wie mich, der humpelt. Als Streikbrecher könnten sie mich noch gebrauchen, aber das mache ich nicht, das ist eine Frage der Prinzipien!«

Jack wusste nicht, ob der Mann das nur sagte, weil er wusste, dass diese Kneipe hauptsächlich von Sozialisten und Gewerkschaftern besucht wurde, und er auf ein weiteres Freibier hoffte. Trotzdem ging Jack darauf ein: »Das ist sehr lobenswert.«

Der Mann schaute ihn erfreut an. »Gustav Ott«, stellte er sich vor.

»Anton Ziegelmann«, log Jack. Der Name des Landmaschinenvertreters aus dem Zug war ihm als Erstes in den Sinn gekommen. »Wissen Sie, falls Sie sich zwei Dollar verdienen wollen, hätte ich da vielleicht etwas für Sie.«

Der Mann sah ihn hoffnungsvoll an. Zwei Dollar waren viel Geld. »Um was für eine Arbeit handelt es sich, mein Herr? Was Illegales mache ich aber nicht.«

»Genau genommen ist es keine Arbeit und illegal ist es auch nicht. Ich möchte, dass Sie einem Bekannten eine Nachricht überbringen.«

»Eine Nachricht?« Gustav Ott schien sich zu fragen, warum Jack ihm dafür zwei Dollar zahlen wollte. »Wo ist Ihr Bekannter denn?«

»Im Keller der Chicago Avenue Station.« Jack hatte das ganz leise gesagt.

Einen Moment herrschte Schweigen. »In Schaacks Bastille?«

»Ja.«

»Und wie soll ich da reinkommen?« Ott nahm einen großen Schluck Bier.

»Bitten Sie um eine Übernachtungsmöglichkeit.«

»Verstehe.« Natürlich wusste der Mann, dass Obdachlose in den Wachen übernachten konnten. Er kannte sich sogar gut aus: »Habe gehört, die meisten Zellen sind gerade belegt. Da muss ich mich früh anstellen, wenn ich da noch einen Schlafplatz abkriegen soll. Ein paar Stunden sogar, die ich eigentlich zur Arbeitssuche verwenden könnte.«

Jack verstand, worauf Gustav Ott hinauswollte. »Also gut, drei Dollar. Die erhalten Sie morgen früh, wenn ich Sie aus der Wache kommen sehe.«

»Abgemacht, wenn Sie mir jetzt noch ein Bier und ein Sandwich ausgeben.«

Jack erfüllte diesen Wunsch und gab dem Mann weitere Instruktionen. Er erfuhr von Ott, dass die Obdachlosen die Polizeiwachen zu Beginn der Frühschicht um sechs Uhr verlassen mussten.

Jack ging zurück zur Kreuzung, um von dort mit der Bahn wieder ins Stadtzentrum zu fahren. An der Straßenecke sah er ein bekanntes Gesicht: Dr. Taylor, der ältere Herr, mit dem er sich am Tatort über die Einschusslöcher unterhalten hatte.

Dr. Taylor erkannte ihn auch gleich und rief: »Herr Hunhoff, die Welt ist ein Dorf!«

»Das kann man wohl sagen«, antwortete Jack und gab dem sympathischen Herrn die Hand.

»Ich will ja nicht neugierig sein«, sagte Dr. Taylor, »aber ich nehme an, Sie waren gerade bei Neff's.«

»Stimmt genau«, sagte Jack verblüfft. »Mit Ihrer Kombinationsgabe hätten Sie auch bei der Polizei arbeiten können.«

»Gott sei Dank ist mir das erspart geblieben und ich konnte mich der Medizin widmen. Aber sagen Sie, wollen Sie mich nicht begleiten? Ich bin auf dem Weg, um einige Hausbesuche im Elendsviertel am Stadtrand zu machen. Nur falls Sie Zeit haben, versteht sich. Sie könnten ja auch einen Artikel über die Wohnverhältnisse der Arbeiter in Chicago schreiben. Dann werden Ihre Leser verstehen, warum die Anarchisten in den letzten Jahren hier so viel Zulauf hatten.«

Jack willigte ein und während sie auf die Bahn warteten, erzählte der Arzt, dass er zwar pensioniert sei, aber noch dreimal in der Woche für einen Wohltätigkeitsverein Hausbesuche bei Leuten mache, die kein Geld für einen Arzt hatten. »Das ist zwar nur ein Tropfen auf den heißen Stein«, sagte er, »aber besser als nichts. Und es gibt mir etwas zu tun.«

Sie fuhren zwanzig Minuten auf der North Avenue in Richtung Westen, in einen Stadtteil, der noch nicht existiert hatte, als Jack damals in Chicago lebte. Er erfuhr von Dr. Taylor, dass sich die Zahl der Einwohner – vor allem wegen der unzähligen Einwanderer – innerhalb von wenigen Jahren verdoppelt hatte und nun beinahe eine Million Menschen in Chicago lebten. Deshalb baute man ganze Stadtteile aus billigen Hütten.

So viel Elend hatte Jack nicht erwartet. Die Innenstadt mit ihrem elektrischen Licht, ihren Kabelbahnen und den sogenannten Wolkenkratzern schien in einer anderen Welt zu liegen, obwohl sie doch nur einige Meilen entfernt war.

Gemeinsam mit dem Arzt ging er in Hütten, die vielleicht für eine fünfköpfige Familie gedacht waren, in denen aber, durch Bretterverschläge getrennt, fünf oder sechs Familien, also mehr als dreißig Personen, lebten, allesamt unterernährt, krank aussehend und dürftig gekleidet. In den Straßen stank es widerlich, weil die Gruben der Aborte oft lange nicht geleert wurden oder niemand sich darum kümmerte, den Pferdemist von den Straßen zu kehren, geschweige denn einen toten Gaul wegzuschaffen, den Jack in einer Gasse liegen sah.

»Jetzt geht das noch«, sagte Dr. Taylor. »Im Winter dürfen Sie hier nicht herkommen. Diese Hütten sind schlecht zu heizen, wenn die Leute überhaupt das Geld für Kohle aufbringen können. Es zieht durch alle Ritzen, die Dächer sind undicht und die Alten und die Kinder sterben zu Tausenden. Hier finden Sie alles: Schwindsucht, Diphtherie, Scharlach, Pocken. Warum die Leute, die hier vegetieren müssen, nicht zu den Häusern der Reichen gehen und dort alles in Schutt und Asche legen, ist mir ein Rätsel.«

Jetzt konnte Jack die Streikbrecher begreifen, die aus dieser Not entkommen wollten, und die Arbeiter, die mit Gewalt ihre Jobs verteidigten, um nicht in sie hineinzugeraten. Er verstand auch, warum die Anarchisten und Kommunisten und Sozialisten und wie sie alle hießen dieses ganze System über Bord werfen wollten, wenn nötig mit allen Mitteln.

»Freiwillig werden die Kapitalisten nichts von ihrem Reichtum abgeben«, meinte Dr. Taylor, als Jack ihn darauf ansprach. »Die sitzen in ihren riesigen Villen in der Prairie Avenue und scheren sich einen Dreck darum, dass die Leute hier verrecken.«

»Das werden sich diese Menschen bestimmt nicht ewig gefallen lassen.«

»Nein, das werden sie nicht. Ich bin schon zu alt und werde das nicht mehr erleben, aber eines Tages werden die Paläste brennen, da bin ich mir ganz sicher. Was wir jetzt sehen, die Streiks und auch die Haymarket-Bombe, das ist doch erst der Anfang.«

Jack erwähnte sein Treffen mit Moses Salomon und schlug vor, dass Dr. Taylor dem Anwalt von den Einschusslöchern im Telegrafenmast berichtete.

»Ja, das mache ich, gleich morgen früh«, sagte Dr. Taylor. »Ich werde das auch gern vor Gericht bezeugen.«

Die Welt braucht mehr Leute wie Sie, wollte Jack sagen, ließ es aber sein, denn der alte Arzt wusste das sicher selbst.

14. Mai 1886

Es war kurz vor sechs am Morgen und Jack schaute gespannt, als sich die Tür der Chicago Avenue Station öffnete und eine Handvoll Obdachloser herauskam. Gustav Ott war nicht dabei. Jack hatte seit einer viertel Stunde in einem dunklen Hauseingang auf der anderen Straßenseite gewartet, um herauszufinden, ob Ott in der Wache übernachten und Andreas die Nachricht ausrichten konnte. War es Ott nicht gelungen, einen Schlafplatz zu ergattern, oder hatte er es gar nicht erst versucht? Jack war enttäuscht und wütend. Hätte er Ott mehr Geld in Aussicht stellen sollen? Solche Fehlschläge durfte er sich einfach nicht leisten, dafür stand zu viel auf dem Spiel. Er wartete noch ein paar Minuten, gab dann aber auf und machte sich auf den Weg, um frühstücken zu gehen.

Es hatte zu regnen begonnen, deshalb ging er eilig die Chicago Avenue hinunter und dachte dabei angestrengt über dieses Misslingen nach. War es jetzt zu spät, um Andreas die Nachricht überbringen zu lassen? Heute musste es unbedingt klappen! Nur wie würde er eine geeignete Person finden?

»Mein Herr, warten Sie doch!«

Jack blieb stehen und drehte sich um. Einige Schritte hinter sich sah er Gustav Ott herbeihumpeln. Jack sagte erst einmal nichts.

»Die haben mich nicht reingelassen«, keuchte Gustav Ott. »Haben gesagt, alles ist voll. Aber heute Abend komme ich rein!«

Dieses Mal durfte es nicht schieflaufen. Es gab nur einen Weg, Gustav Ott davon zu überzeugen: »Hören Sie, Herr Ott, wenn Sie das schaffen und ich Sie da morgen früh rauskommen sehe, gebe ich Ihnen zehn Dollar.«

»Sie können sich auf mich verlassen, auf jeden Fall, morgen früh komme ich da raus! Und Ihre Nachricht überbringe ich, ganz bestimmt!«

Jack sah dem Mann an, dass er sich diesen Geldsegen, der beinahe dem Wochenlohn eines Facharbeiters entsprach, nicht durch die Lappen gehen lassen wollte.

»Ich komme auf jeden Fall rein!«, sagte Gustav Ott noch einmal und nickte heftig, um seinem Versprechen mehr Ausdruck zu verleihen.

Jack hatte jetzt ein gutes Gefühl, heute würde es mit Otts Übernachtung in Schaacks Bastille sicher klappen. Wie gut, dass Herbert Schell ihm genug Geld mitgegeben hatte. Er verabschiedete sich von Ott, ging zurück zu seinem Hotel, aß dort in der Gaststube Frühstück und begab sich anschließend auf sein Zimmer, recht unschlüssig, wie er den Tag nutzen sollte.

Er legte sich aufs Bett, um noch einmal für ein paar Minuten die Augen zu schließen und darüber nachzudenken, was er heute tun konnte. Mehr als zwei Stunden später wachte er wieder auf. Die letzten Tage hatten zweifellos an seinen Kräften gezehrt.

Nach kurzem Überlegen beschloss er, zur Bibliothek zu fahren, um dort noch einmal die Zeitungen durchzugehen. Er hatte die vage Hoffnung, eine Tatsache übersehen zu haben, die ihn jetzt weiterbringen könnte.

Er lief die Canal Street hinunter zur Washington Street und wartete auf eine Kabelbahn. Nun würde er endlich einmal mit dieser technischen Neuerung fahren.

Die Bahn kam schon nach wenigen Minuten und bestand, anders als die Pferdebahnen, aus zwei Wagen: Ein neuer Wagen, der recht kurz und nach allen Seiten offen war, zog einen alten geschlossenen Pferdewagen. Jack stieg in den vertrauten Wagen und gab dem Schaffner sein Fahrgeld. Als er gerade einen Sitzplatz neben einem ausgesprochen dicken Herrn ansteuerte, ruckte die Bahn plötzlich an und er konnte nur mit dem raschen Griff nach einer Rückenlehne verhindern, dass er im Mittelgang hinfiel. Natürlich zog er die Aufmerksamkeit der anderen Fahrgäste auf sich, die über den unbedarften Fahrgast, den sie wohl für einen Touristen hielten, lächelten.

»Ja, das ist etwas anderes als die Pferdebahn«, sagte der Dicke, neben dem Jack letztendlich mehr schlecht als recht Platz nahm. »Die Zeiten, wo die Bahn sich im Schneckentempo in Bewegung setzt, sind vorbei.«

Die Bahn fuhr tatsächlich sofort mit Höchstgeschwindigkeit und bestimmt dreimal so schnell wie eine Pferdebahn. »Das Kabel bewegt sich nämlich immer mit der gleichen Geschwindigkeit«, erklärte der auskunftsfreudige Fahrgast weiter. »Und sobald der Zugwagen da vorne danach greift, geht's los.«

Geschwind ging es in den Washington Street Tunnel hinein und unter dem Chicago River hindurch. Diesen Weg hatte Jack früher oft zu Fuß oder mit der Pferdebahn genommen. Als die Bahn nach nur wenigen Minuten die LaSalle Street erreicht hatte, stieg er aus. Bis zum Rathaus und damit der Bibliothek waren es lediglich ein paar Schritte.

Es dauerte nicht lange, bis er in den Zeitungen vom 6. Mai fündig wurde. Am Abend des 5. Mai hatten offensichtlich einige Reporter die Festgenommenen August Spies und Samuel Fielden besuchen können. Es war also nicht unmöglich, Zugang zu den Verhafteten zu bekommen. Vielleicht würde es ihm auf diese Weise gelingen, mit Andreas sprechen zu können. Er musste allerdings gute Gründe vorbringen, wenn er Schaack dieses Anliegen vortrug, und es durfte auch nicht so aussehen, als wolle er speziell mit Andreas reden. Das musste sich wie zufällig ergeben. Wahrscheinlich war es klug, erst einmal bei Jacob Loewenstein vorzufühlen.

Es war kurz nach zwölf, als Jack nahe der Chicago Avenue Station aus der Straßenbahn stieg. Die Fahrt mit der Pferdebahn war ihm nach der Erfahrung mit der neuen Kabelbahn außerordentlich langsam vorgekommen. An manchen Stellen waren die Fußgänger sogar schneller als die Bahn gewesen.

»Jack!« Jacob Loewenstein kam den Bürgersteig entlanggelaufen und strahlte über das ganze Gesicht. »Wir haben Lingg gefasst!«

»Gratuliere, wie habt ihr den denn gefunden?« Jack hatte Loewenstein auf der Wache aufsuchen wollen, aber es war natürlich viel besser, ihn zufällig hier auf der Straße – und noch dazu so gut gelaunt – zu treffen.

»Wir hatten Glück. Einer seiner Kumpels hat Linggs Werkzeugkasten in der Fabrik, wo er zuletzt gearbeitet hatte, abgeholt und der Pförtner hat sich die Nummer des American-Express-Wagens gemerkt, den der Kumpel gefahren hat: 1999.«

»Das lässt sich natürlich leicht merken.«

»Genau. Mein Kollege Hermann Schuettler und ich sind gleich heute Morgen zur Wohnung des Fahrers hin, da war aber nur seine Tochter, etwa zehn Jahre alt. Die haben wir gefragt, ob ihr Vater vielleicht am Vortag eine Werkzeugkiste mitgebracht hätte. Das hat sie nicht nur bejaht, sondern uns auch erzählt, dass die Kiste Louis Lingg gehöre, der nur ein paar Häuser weiter bei der Familie Klein sei.« Loewenstein hielt inne. »Sag mal, hast du schon Mittag gegessen?«

Jack verneinte und willigte ein, Loewenstein wieder in sein Stammlokal zu folgen. Auf dem Weg dorthin setzte dieser seinen Bericht fort: »Wir sind dann dahin, das war in der Ambrose Street, du weißt doch, wo das ist, gleich in der Nähe von unserem alten Revier.«

»Ja, natürlich.«

»Frau Klein kommt zur Tür und sagt, ihr Mann sei nicht da. Schuettler gibt sich daraufhin einfach als Franz Lorenz aus, das ist so ein Gewerkschaftsfreund von Lingg. Erzählt ihr, er schulde ihm Geld und wolle das nun zurückzahlen. Die Frau zögert erst, führt Schuettler dann aber zu dem Zimmer, in dem Lingg ist. Ich bleibe erst einmal an der Wohnungstür, zur Sicherheit, falls Lingg auf die Idee kommen sollte, sich irgendwie davonmachen zu wollen.«

Sie erreichten die Kneipe und setzten sich an einen leeren Tisch. Der Kellner stellte ihnen zwei Gläser Bier hin und nahm die Bestellung für das Essen auf.

»Erzähl weiter!«, sagte Jack, nachdem der Kellner wieder fort war.

»Jetzt kommt's: Ich sehe, wie Schuettler die Tür zum Zimmer öffnet und dann sofort hineinstürzt. Hinterher hat er mir erzählt, warum er das so gemacht hat: Lingg war gerade dabei, etwas zu schreiben. Als er Schuettler sieht, greift er nach einem Revolver, der vor ihm auf dem Tisch liegt. Schuettler stürzt sich also auf Lingg, bevor der schießen kann. Ich bin gleich hin, als ich den Radau höre. Wie ich so ins Zimmer reinkomme, liegt Schuettler auf dem Boden und Lingg sitzt auf ihm und würgt ihn. Dabei schreit Lingg wie am Spieß, und weißt du warum?«

Jack schüttelte den Kopf und sah Loewenstein gespannt an.

»Schuettler hatte irgendwie Linggs Daumen zwischen die Zähne bekommen und mit aller Kraft zugebissen, damit der ihn nicht erdrosselt.« Loewenstein lachte. »Geschieht ihm recht, diesem Bombenbauer! Ich habe ihm jedenfalls gleich eins mit dem Schlagstock über den Kopf gegeben. Selbst als wir ihn schon in Handschellen hatten, hat er noch mal versucht, an den Revolver zu kommen. Lingg war übrigens der Erste von den Anarchisten, der sich ernsthaft seiner Verhaftung widersetzt hat. Ein ganz zäher Hund, sage ich dir.«

»Und wo ist er jetzt?«

»Bei uns auf der Wache. Schaack hat ihn gleich verhört, aber ohne Ergebnis. Bei dem hilft nichts, keine Drohungen und keine Versprechungen. Der ist von der ganz gefährlichen Sorte. Wir wissen allerdings, dass er erst seit einem halben Jahr in Chicago und auch noch nicht viel länger in Amerika ist.« Loewenstein stieß mit Jack an und nahm einen großen Schluck. »Und jetzt kommt's: Lingg kannte August Reinsdorf persönlich, den deutschen Anarchisten, von dem ich dir erzählt habe.«

»Denkst du, es gibt da einen Zusammenhang? Ist Lingg etwa von Reinsdorf nach Chicago geschickt worden?«

»Willst du nicht doch wieder bei uns anfangen? Schaack denkt nämlich auch, dass da möglicherweise eine Verbindung besteht. Lingg hat jedenfalls am 4. Mai mit drei anderen Anarchisten den ganzen Tag lang Bomben gebaut und war dabei anscheinend in großer Eile. Ich hatte dir ja schon erzählt, dass am Vorabend in der Versammlung bei Greif's der bewaffnete Aufstand beschlossen wurde. Wir haben das Geständnis von einem gewissen Seliger, bei dem Lingg gewohnt hat und der beim Bombenbauen fleißig mitgemacht hat. Am Abend trugen die beiden dann eine ganze Kiste von dem Zeug zu Neff's und haben es dort an Mitglieder vom Lehr und Wehr Verein verteilt. Und was dann geschah, weißt du ja. Einige Bomben haben wir bei Hausdurchsuchungen sichergestellt und wir werden bestimmt noch die eine oder andere finden.«

Jack wagte einen Vorstoß: »Glückwunsch! Ihr habt also Lingg und ihr wisst, dass Schnaubelt die Bombe geworfen hat. Werdet ihr die restlichen Verhafteten jetzt laufen lassen?«

Loewenstein winkte ab. »Wo denkst du hin! Du hast doch Schaack gehört: Es handelt sich um eine groß angelegte Verschwörung. Spies und Parsons, Fischer und Fielden und noch ein paar andere, die dahinterstecken, die werden alle angeklagt und wahrscheinlich am Galgen enden. Also, die lassen wir garantiert nicht laufen. Und die Staatsanwaltschaft will so viele Beweise und Informationen wie möglich, deshalb werden wir die Verhöre fortsetzen. Und einige der Verhafteten werden sich bestimmt dazu bereit erklären, als Zeugen aufzutreten.« Loewenstein nahm einen weiteren Schluck. »Seliger will auf jeden Fall seinen Hals damit retten, gegen Lingg und die anderen auszusagen. Und ein enger Freund von Spies, Balthasar Rau heißt der, hat auch geplaudert.«

»Ich habe in den Zeitungen gesehen, dass ein paar Reporter die Verhafteten besuchen durften. Könnte ich den Anarchisten vielleicht auch Fragen stellen?«

»Kann ich mir nicht vorstellen. Das war bei den Stümpern in der Zentrale, Schaack würde so etwas nicht erlauben.«

»Schaack scheint der Einzige zu sein, der die Zügel fest in der Hand hält.«

Loewenstein nickte: »Er hat seit Jahren gewusst, dass die Anarchisten eines Tages gefährlich werden können. Hat sie von Anfang an überwachen lassen. Wir wissen daher über die wichtigsten Akteure schon lange recht gut Bescheid. Die Zentrale ist ahnungslos, deshalb hat Schaack sich auch bereit erklärt, die Ermittlungen zu übernehmen.«

»Das hat den Staatsanwalt sicher gefreut?«

»Und ob. Ohne Schaack wäre die ganze Verschwörung nie ans Tageslicht gekommen. Dann hätte der Staatsanwalt so gut wie gar nichts in der Hand. Der Schnaubelt ist weg und ob sie Lingg gefasst hätten, wer weiß. Und selbst wenn, was würde das ändern? Nein, Staatsanwalt Grinnell will ein für alle Male Schluss machen mit dem Anarchismus. Und sein Stellvertreter, Furthmann, ist sogar bei vielen Verhören dabei.«

»Das ist ja ein ganz schöner Aufwand. Gibt es nicht auch sonst viel Kriminalität, ich meine, bei dieser Wirtschaftslage?«

»Ja, sicher. Aber das sind Einzeltäter. Die wird es immer geben, die bringen unsere Gesellschaftsordnung nicht in Gefahr. Die Anarchisten dagegen wollen einen gesetzlosen Staat. Sie wollen den Leuten ihr Eigentum nehmen.« Loewenstein hob den Finger: »Eigentum und ein Rechtsstaat, der es beschützt, das muss ich dir sicher nicht sagen, sind die Grundpfeiler, auf denen Amerika steht. Von den Anarchisten geht eine ernste Gefahr aus, und jetzt ist der Zeitpunkt, an dem diese Gefahr unterbunden werden muss, sonst kippt unsere Gesellschaft.«

»Viele Arbeiter können sich kaum über Wasser halten«, widersprach Jack ein wenig. »Nicht wenige leben in erbärmlichen Unterkünften.«

»Und was machen diese Dummköpfe? Gehen in die Kneipe und versaufen ihren Lohn, während Frau und Kinder zu Hause sitzen und hungern. Und den Wirten ist es recht. Haben immer die *Arbeiter-Zeitung* bereitliegen und stimmen in das Lied des Anarchismus ein, um den Narren das Geld aus der Tasche zu ziehen. Neff und Greif, das sind die Schlimmsten. Wenn du mich fragst, das sind die wahren Verbrecher!« Loewenstein hielt inne und ein Schmunzeln zeichnete sich auf seinem Gesicht ab. »Ich weiß übrigens, dass du gestern bei Neff warst.«

Jack überlegte einen Moment, ob Schaack ihn überwachen ließ, aber Loewenstein sagte: »Wir beobachten die Kneipe rund um die Uhr. Es gibt noch ein paar Leute, mit denen wir uns unterhalten wollen, und einige sind vielleicht dumm genug, sich dort sehen zu lassen.«

»Das hätte ich mir natürlich denken können«, sagte Jack, ebenfalls mit einem Lächeln. »Da das die Kommunistenbude schlechthin ist, wollte ich von Moritz Neff einmal wissen, wie er den besagten Abend erlebt hat.«

»Und, was hat er gesagt?«

»Dass die meisten Anarchisten nur eine große Klappe haben und Feiglinge sind, wenn es wirklich drauf ankommt.«

»Ja, das hat er uns auch erzählt. Das Verrückte ist, dass wir ihm nichts anhaben können. Hat selbst nie Reden geschwungen, war auch sonst an keinen anarchistischen Aktivitäten beteiligt, und trotzdem war seine Kneipe deren beliebtester Treffpunkt. Die *Arbeiter-Zeitung* hat er unterstützt, ansonsten ist da nichts, was sich gegen ihn verwenden lässt.«

»Das ist ein ganz cleverer Bursche, wie es scheint.«

Loewenstein war mit dem Essen fertig. »Und wen gehst du als Nächstes befragen?«

Jack musste ziemlich überrascht geschaut haben, denn Loewenstein lachte. »Willst du mich nicht einfach begleiten? Ich gehe jetzt zu Louis Linggs alter Wohnung in der Sedgwick Street, um Bertha Seliger auf den Zahn zu fühlen. Ihr Mann hat, wie gesagt, den ganzen Tag mit Lingg Bomben gebaut und dafür ist ihm der Strick sicher, wenn er nicht als Zeuge der Anklage auftritt, was er ja auch vorhat.«

»Und was willst du jetzt noch von seiner Frau wissen?«

»Eventuell ein paar Namen von Leuten, die da ein und aus gegangen sind. Oder irgendwelche Widersprüche zu den Aussagen ihres Mannes. Die Frau Seliger muss aller Voraussicht nach auch vor Gericht erscheinen und da will der Staatsanwalt natürlich keine Überraschungen erleben.«

Eine magere Frau mittleren Alters öffnete die Tür. Sie erkannte Loewenstein und sah Jack ängstlich an. Bestimmt dachte sie, er sei ebenfalls ein Polizist in Zivil. Loewenstein bestärkte sie dann auch in diesem Glauben: »Frau Seliger, mein Kollege und ich möchten Ihnen noch einige Fragen stellen.«

»Kommen Sie bitte herein.« Die Frau, die ein schwarzes Kleid trug und ihr Haar zu einem kleinen Knoten gebunden hatte, führte sie durch die saubere, einfach möblierte Wohnung im Hinterhaus. »Hat Ihnen Wilhelm, dieser Narr, denn nicht alles gesagt?«

Die Männer nahmen in der guten Stube auf gepolsterten Stühlen Platz und Frau Seliger setzte sich auf die Kante des Sofas.

Loewenstein erwiderte freundlich: »Das ist zu hoffen. Ich würde mich trotzdem noch einmal für Ihre Sicht der Dinge interessieren.«

»Meine Sicht der Dinge? Ich habe Wilhelm hundertmal gesagt, er soll sich um uns kümmern und aufhören, die Schriften des Herrn Most zu lesen und zu den Versammlungen der Anarchisten zu gehen. Und als Louis und er sich daran machten, mit der Kiste voller Bomben loszuziehen, habe ich ihn geradezu angefleht, zu Hause zu bleiben.« Frau Seliger hatte Tränen in den Augen. »Als er darauf nicht gehört hat, habe ich ihn eindringlich gebeten, Louis nicht von der Seite zu weichen und Schlimmeres zu verhindern. Das hat er dann auch gemacht. Immer wenn Louis eine Bombe werfen wollte, hat er ihn überzeugt, dass das keine gute Gelegenheit war.« Sie wischte sich die Augen mit einem Taschentuch und fuhr fort: »Am nächsten Morgen wollte

Louis die restlichen Bomben hier im Haus verstecken. Ich habe ihm gesagt, ich ertrage das nicht mehr und er soll das ganze Zeug sofort aus dem Haus schaffen. Da hat er mich vielleicht beschimpft!« Die Frau sah abwechselnd Loewenstein und Jack an. Wahrscheinlich überlegte sie, wer von den beiden ranghöher war. Jack nickte der Frau zu und sie fuhr fort: »Ich hatte schon lange darauf gedrängt, dass Louis auszieht. Wer hat denn gern Dynamit im Haus, aber mein Mann wollte ja nicht hören. Und jetzt sitzt er im Gefängnis und wenn er nicht gegen Louis und die anderen vor Gericht aussagt, wird er auch gehängt, hat Captain Schaack gesagt.« Sie sah Loewenstein an. »Seit Louis hier eingezogen ist, hatte ich keine ruhige Minute mehr. Ständig sind Leute zu ihm gekommen.«

»Auch am 4. Mai?«

»Das war der schlimmste Tag meines Lebens!«, rief Frau Seliger. Jack kam das ein wenig gekünstelt vor. Ohnehin hatte er das Gefühl, die Frau schauspielerte. »Ganz hilflos habe ich mich gefühlt. Unsere Wohnung war die reinste Bombenfabrik. Sechs Männer waren da und haben Dynamit in Rohre und Kugeln gesteckt und die Zündschnüre zurechtgeschnitten und was es sonst noch zu tun gab. Und mein Wilhelm mittendrin!« Loewenstein ließ die Frau einfach reden. »Die Männer waren wütend, weil es bei McCormick Tote gegeben hatte. Louis war ja auch dort gewesen und hat alles gesehen. Er war außer sich, als er am Abend nach Hause kam. Hat uns dieses Flugblatt vorgelesen, auf dem Rache für die Toten gefordert wurde. Und am nächsten Tag haben sie dann wie die Verrückten Bomben gebaut, weil sie glaubten, es könnte auf dem Haymarket wieder Tote geben.« Sie beugte sich verschwörerisch zu Jack und Loewenstein vor: »Mein Mann hat mir mal gesagt, der Louis sei der uneheliche Sohn von einem Adeligen. Seine Mutter hatte angeblich etwas mit einem Offizier. Vielleicht sieht er deshalb so gut aus? Die Frauen sollen verrückt nach ihm sein.« Sie seufzte. »Na ja, er hat ja seine Ida. Das arme Mädchen.«

Loewenstein ging auf diese Abschweifung nicht ein, sondern fragte: »Wie viele Bomben haben Lingg und seine Freunde denn fertiggestellt?«

»Zwei, drei Dutzend, so genau habe ich nicht hingesehen.«

»Und die haben Lingg und Ihr Mann dann aus dem Haus geschafft.«

»Ja, gegen neun sind sie losgegangen. Wie gesagt, ich habe meinen Mann angefleht, nicht mitzugehen. Aber alleine hätte Louis die vielen Bomben nicht tragen können.«

»Und wann sind sie zurückgekommen?«

»Gegen halb zwölf. Ich war im Bett und hatte vor Sorge noch nicht geschlafen. Mein Mann sagte, jemand hätte auf dem Haymarket eine Bombe geworfen, aber er und Louis wären nicht dort gewesen.«

»Eine Frage noch, Frau Seliger: Wissen Sie, bei wem Louis Lingg das Bombenbauen gelernt hat?«

Frau Seliger zögerte keinen Augenblick: »Das hat er sich, glaube ich, anhand der Schriften des Herrn Most selber beigebracht.«

Die beiden Männer verabschiedeten sich. Nachdem sie das Haus verlassen hatten und jetzt die Sedgwick Street in Richtung North Avenue entlanggingen, meinte Loewenstein: »Die Frau sollte beim Theater anfangen.«

»Ja, das Gefühl hatte ich auch.«

»Die Informationen, die sie uns gegeben hat, stimmen schon, soweit wir das mit den Aussagen von einigen der Männer, die beim Bombenbauen dabei waren, vergleichen können. Ihre eigene Rolle war jedoch eine andere, als sie uns das eben weismachen wollte. Uns wurde berichtet, dass die Seligers schon Bomben gebaut haben, bevor Lingg dort eingezogen ist. Aber wenn sie als Zeugen für den Staatsanwalt auftreten, wird das keine Rolle spielen.«

»Sie werden nicht bestraft?«

»Nein, wer bereit ist, als Zeuge auszusagen, geht straffrei aus.«

»Müssen diese Leute denn nicht damit rechnen, dass man ihnen das heimzahlen wird?«

»Ganz bestimmt. Du solltest mal die Drohbriefe sehen, die Schaack und Staatsanwalt Grinnell bekommen. Die haben aber keine Angst, die wissen, das gehört zu ihrem Beruf. Und was die Zeugen angeht: Die werden in eine andere Stadt umziehen müssen oder sogar nach Deutschland zurückgehen.«

»Können die das denn bezahlen?«

»Müssen sie nicht. Eine Gruppe von Geschäftsleuten hat Mittel zur Verfügung gestellt, um die Zeugen und ihre Familien zu unterstützen. Unsere Informanten werden auch auf diese Weise bezahlt. Die Sicherheit in unserer Stadt ist diesen Leuten einiges wert.«

Sie waren an der Ecke zur North Avenue angelangt und Jack sah die deutsche Kirche St. Michael die Häuser auf der anderen Straßenseite überragen. Als er nach dem Stadtbrand mit seinen Eltern und seinem Bruder nach Chicago gekommen war, war sie das einzige unversehrte Bauwerk in dieser Nachbarschaft gewesen.

Sie liefen in Richtung Clybourn Avenue, um von dort mit der Straßenbahn ins Stadtzentrum zu fahren. Hier hatten Lingg und Seliger also ihre Kiste voller Bomben entlanggeschleppt. Loewenstein deutete auf die Polizeiwache, die an der Ecke zur Larrabee Street stand.

»Seliger hat uns erzählt, er hätte Lingg davon abgebracht, dort eine Bombe durchs Fenster zu werfen.«

»Ob das stimmt?«

»Ich weiß nicht, ich denke eher, Seliger will sich nur in ein besseres Licht rücken.«

Ein Zeitungsjunge der *Chicago Tribune* kam ihnen entgegen. »Sechster Polizist gestorben!«, rief er.

Loewenstein kaufte ein Exemplar und warf einen Blick auf den Artikel. »Damit erhöht sich auch die Zahl der Anarchisten, die am Galgen enden werden.«

»Auge um Auge, Zahn um Zahn?«

»Darauf kannst du dich verlassen.«

An diese Unterhaltung musste Jack noch denken, als er zurück ins Hotel kam, um dort an einem Bericht für Herbert Schell zu arbeiten. Zunächst fasste er zusammen, was in der Zeitung gedruckt werden konnte, einschließlich einer ausführlichen Beschreibung des Elendsviertels, in dem er mit Dr. Taylor war. Alles, was im Zusammenhang mit Andreas stand, teilte er separat mit. Der Brief war am Ende zwölf Seiten lang. Nachdem er in der Gaststube gegessen hatte, schrieb er noch einen Brief an Luise, der auf zwei Seiten Platz fand und nur das Ziel hatte, seiner Frau erneut zu versichern, dass sie sich keine Sorgen machen müsse.

Als er damit fertig war, ging Jack noch einmal zum Tatort, um diesen auch im Dunkeln gesehen zu haben. So würde er sich eine bessere Vorstellung von den Ereignissen machen können. Die Gaslaterne, die durch die Explosion gelöscht worden war, brannte wieder und war die einzige Lichtquelle an diesem Ort. Zwei Polizisten blickten argwöhnisch in Jacks Richtung, als er an der Stelle stehen blieb, wo sich der Wagen mit den Rednern befunden haben musste. Selbst mit der Gaslaterne war es hier schon recht finster. Nach dem Erlöschen der Lampe musste es wirklich stockdunkel gewesen sein. Kein Wunder also, dass viele Kugeln aus den Revolvern der Polizisten die eigenen Leute erwischten und der Täter, Schnaubelt wahrscheinlich, ohne Probleme flüchte konnte.

Jack ging zur Straßenecke und blickte auf den eigentlichen Haymarket, der um einiges besser beleuchtet war, nicht zuletzt wegen des aus den vielen Geschäften und Kneipen auf den Platz fallenden Lichtes. Er verstand jetzt besser, warum Schaack glaubte, der Versammlungsort sei mit böser Absicht in die dunklere Nebenstraße verlegt worden.

15. Mai 1886

Im Zellentrakt der Polizeiwache war alles still. Es musste früher Morgen sein, vielleicht drei oder vier Uhr, und Andreas war es immer noch nicht gelungen, wenigstens ein bisschen zu schlafen. Zu viele Gedanken gingen ihm durch den Kopf, Gedanken darüber, wie er sich verhalten sollte.

Ein paar Stunden zuvor war etwas Merkwürdiges geschehen: »Ist Andreas Brenner hier?«, hatte jemand vom anderen Ende des langen Ganges gerufen. Andreas erwiderte nach kurzem Zögern: »Ja!« und der Unbekannte rief: »Ich soll dir ausrichten, nichts zu sagen. Dann wird alles gut!«

»Ruhe im Zellentrakt!«, brüllte daraufhin ein Schließer.

»Andreas, hast du verstanden?«

»Ja!«

Die Tür wurde aufgerissen, der Schließer kam herein. »Ruhe, habe ich gesagt, sonst melde ich das Captain Schaack!«

»Tut mir leid«, sagte Andreas und der Wärter ging ohne ein weiteres Wort hinaus und schloss die Zelle wieder ab. Danach rasten Andreas' Gedanken: Wer hat da gerufen und wer hatte das ausrichten lassen?

Seit dem letzten Verhör hatte er pausenlos darüber nachgedacht, wie er sich weiter verhalten sollte. Schaacks Versprechungen würde er auf keinen Fall erliegen. Wie könnte er gegen seine Freunde und Kollegen aussagen und dann hier in der Stadt bleiben und bei einem der Kapitalistenblätter arbeiten, die tagein, tagaus gegen die Arbeiter hetzten? Bestimmt ging keiner, der bisher bei der *Arbeiter-Zeitung* beschäftigt war, auf ein derartiges Angebot ein.

Aber Schaacks Drohungen machten Andreas Angst. War es tatsächlich möglich, dass man ihn anklagte? Aus welchem Grund? Ja, er hatte an den meisten Versammlungen, Demonstrationen und Festen, die von den Anarchisten organisiert wurden, teilgenommen und oft bei der Vorbereitung und Durchführung geholfen. Auch hatte er einen Schrank voll sozialistischer Literatur zu Hause, darunter die wichtigsten Schriften der Anarchisten, und ja, er glaubte mit ganzem Herzen an die Ziele der sozialistischen Arbeiterbewegung, obwohl er sich eher als Kommunist denn als Anarchist bezeichnen würde.

Spielten solche Nuancen überhaupt ein Rolle für Schaack oder den Staatsanwalt? Die waren doch anscheinend vor allem daran interessiert, August Spies etwas anzuhängen, und da steckten zweifellos die Interessen des Großkapitals dahinter. Beweise hatten sie ganz gewiss keine, denn es konnte keine geben, zumindest nicht davon, dass Spies in irgendeiner Weise mit der Bombe zu tun hatte. Er hätte einer derartigen Aktion nie zugestimmt, da war sich Andreas absolut sicher. Also ging es Schaack darum, in den Reihen der verhafteten Anarchisten vermeintliche Zeugen für die Gerichtsverhandlung zu finden. War ihm das wirklich gelungen? Er hatte es so dargestellt, als hätten die meisten sich bereiterklärt, vor Gericht auszusagen. Wenn das stimmte, müsste er eigentlich genug Zeugen haben. Warum übte er dann noch Druck auf ihn aus?

Ich muss stark sein, dann wird alles gut, dachte Andreas, als er Schritte auf dem Gang hörte und der Schließer wieder vor seiner Tür stehen blieb. Im nächsten Augenblick drehte sich auch schon der Schlüssel im Schloss.

»Mitkommen!«, befahl der Schließer barsch.

Draußen war es noch dunkel, in den Gängen und in Schaacks Büro brannten die Gaslampen. Schaack war nicht allein, ein breitschultriger Mann mit hoher Stirn und sorgfältig getrimmtem Schnauzbart, der ebenso wie Schaack Zivil trug, saß neben ihm. Andreas hatte keine Ahnung, wer das war, aber Schaack klärte ihn sogleich auf:

»Herr Brenner, Staatsanwalt Furthmann möchte Ihnen eine letzte Gelegenheit geben, reinen Tisch zu machen.«

Staatsanwalt? Andreas war trotz des Schlafmangels auf einmal hellwach, denn jetzt entschied sich wahrscheinlich sein Schicksal. Verhörte man ihn mitten in der Nacht, um ihn zu überrumpeln? Nur kein falsches Wort! Er sah Schaack und den Staatsanwalt kurz an und sagte dann mit fester Stimme: »Ich habe Ihnen nichts zu sagen.«

Furthmann sprang auf, stützte sich mit durchgedrückten Armen auf den Schreibtisch und schrie Andreas an: »Ist Ihnen Ihre Lage eigentlich bewusst, junger Mann? Wollen Sie am Galgen enden?«

Andreas erwiderte nichts, sondern sah auf den Boden, der das flackernde Gaslicht reflektierte.

Der Staatsanwalt setzte sich wieder und Schaack begann zu sprechen: »Herr Brenner, Sie standen direkt am Wagen und nur wenige Meter vom Bombenwerfer entfernt. Sie haben gesehen, wie Spies Fielden etwas ins Ohr geflüstert hat und dieser daraufhin das Stichwort für den Bombenwurf gab. Sie haben ferner zugegeben, das Wort Ruhe in der Briefkastenspalte der *Arbeiter-Zeitung* auf Anweisung von August Spies gesetzt zu haben. Außerdem gaben Sie zu, dass Sie mit Adolph Fischer und Louis Lingg über die Beschaffung von Dynamit sprachen.«

War das der Punkt, an dem man ihn überrumpeln wollte? Hier musste er unbedingt widersprechen: »Ich habe mit Adolph Fischer und Louis Lingg nicht über Dynamit gesprochen.«

Furthmann blätterte in seinen Unterlagen und hielt dann ein Blatt hoch. »Wir haben eine entsprechende Zeugenaussage.«

Bei dem schlechten Licht konnte Andreas unmöglich erkennen, was auf dem Blatt stand. Vielleicht wollte ihn der Staatsanwalt täuschen? Oder hatte jemand gelogen, um sich Vorteile zu verschaffen?

»Das kann nicht sein.«

»Mein Gott, jetzt begreifen Sie doch mal, was für Sie auf dem Spiel steht! Wollen Sie denn Frau und Kind nicht wiedersehen?« Furthmann beugte sich über den Tisch: »Ich habe die Befugnis, Sie sofort gehen zu lassen, wenn Sie sich bereit erklären, vor Gericht auszusagen, dass Lingg das Dynamit von Fischer bekommen hat und es von Spies besorgt und im Büro der *Arbeiter-Zeitung* aufbewahrt wurde.«

Andreas sagte nichts. Sollte er diese Chance beim Schopfe packen, nach Hause eilen und mit Sophie und Ella aus der Stadt fliehen? Oder war das eine Falle? Schaack würde ihn womöglich beobachten lassen und ein solcher Fluchtversuch könnte dann als Eingeständnis irgendeiner Schuld ausgelegt werden. Und dann müsste er tatsächlich als Zeuge aussagen, um sich zu retten, oder mit dem Schlimmsten rechnen. Sie haben nichts gegen dich in der Hand, sagte sich Andreas noch einmal und in Gedanken hörte er die Stimme des Unbekannten im Zellentrakt: »Sag nichts und sie lassen dich laufen!«

Andreas nahm allen Mut zusammen: »Ich weiß nichts und ich war auch an nichts beteiligt. Ich habe Ihnen nichts zu sagen und dem Gericht auch nicht. Dabei bleibe ich.« Im Raum herrschte Totenstille, von der Straße klang das Geklapper von Pferdehufen herein. Andreas spürte sein Herz bis in die Schläfen schlagen.

Schaack sah Furthmann kurz an und rief dann: »Abführen!«

Gegen sechs bezog Jack wieder Stellung in dem Hauseingang gegenüber der Polizeiwache. Er musste nicht lange warten, bis sich die Tür öffnete und einige abgerissene Gestalten herauskamen. Jack zählte neun, aber Ott war auch heute nicht dabei. Das gibt's doch nicht, dachte Jack, welcher Obdachlose würde sich denn zehn Dollar durch die Lappen gehen lassen? Er rührte sich nicht von der Stelle und starrte auf den Eingang der Wache. Wenn sie Andreas doch nur freiließen!

Die Eingangstür der Wache ging erneut auf, und nun war es tatsächlich Gustav Ott, der heraustrat und sich in alle Richtungen umblickte. Er entdeckte Jack auf der anderen Straßenseite und nickte ihm zu. Jack verließ den Hauseingang und lief auf dem Bürgersteig in Richtung Osten. Ott würde ihm schon folgen, wenn er sein Geld haben wollte. Und richtig, an der nächsten Straßenkreuzung hörte er bereits ein heftiges Schnaufen hinter sich. Er blieb stehen und sah Ott kurz an: »Kommen Sie!«

Ott folgte ihm um die Ecke und dann einige Schritte in eine Gasse hinein. »Tut mir leid, dass Sie warten mussten, mein Herr. Ich war noch gezwungen, den Pisskübel ausleeren zu gehen. Das hat vielleicht gestunken, die haben uns alle in eine Zelle gesperrt, weil ansonsten alles belegt war. Zehn Leute in einer Zelle, zwei mussten im Stehen schlafen und ...«

»Konnten Sie die Nachricht ausrichten?«, unterbrach Jack den Redefluss des Mannes.

»Ja, sicher doch! Ihr Freund war da, ich habe nach ihm gerufen und er hat geantwortet. Habe Wort für Wort gerufen, was Sie mir aufgetragen haben. Der Schließer hat mir dafür eins in die Nieren gegeben, das tut immer noch weh!«

Jack holte die versprochenen zehn Dollar hervor und gab sie Gustav Ott, der sich nervös umschaute, während er das Geld einsteckte.

»Besten Dank, mein Herr. Und wenn ich sonst noch etwas für Sie tun kann ...«

Aber Jack winkte ab und begab sich auf den Weg zum Postamt, das sich an der Ecke zur 5th Avenue befand. Auf der Post herrschte selbst zu dieser frühen Stunde schon reger Betrieb. Jack wartete gut fünfzehn Minuten, bis er an der Reihe war, und zahlte zwanzig Cent, um sowohl den Bericht für Herbert Schell als auch den Brief an Luise als Special Delivery zu senden. Der Beamte hinter dem Schalter hatte ihn auf diesen neuen Service hingewiesen und erklärt, die Briefe würden umgehend zugestellt, sobald sie in Neufeld eintrafen. »Nicht so schnell wie ein Telegramm, aber bis zu einen Tag schneller als Express Mail.« Er klebte die speziellen Briefmarken auf die Umschläge, stempelte sie ab und winkte einen Helfer heran, der die Briefe forttrug. Jack sah dem Mann nach und überlegte, ob diese Eile nur vorgetäuscht war und die Briefe jetzt einen halben Tag auf dem Postamt herumliegen würden, so wie alle anderen Sendungen auch.

Er zuckte zusammen, als jemand von der Seite an ihn herantrat und sagte: »Ich hoffe, Ihr Chefredakteur wird zufrieden sein.« Es war der dicke Glauser von der *Illinois Staats-Zeitung*, einer der beiden deutschen Reporter, mit denen Jack zum Tatort gefahren war.

»Das hoffe ich auch«, erwiderte Jack und gab dem freundlich blickenden Kollegen die Hand.

Glauser war wie beim letzten Mal sehr gesprächig: »Werden Sie denn auch vom Prozess berichten? Ich habe gehört, dass er schon sehr bald beginnen soll.«

»Das hängt von den Umständen ab«, sagte Jack ohne weitere Erklärung. Es war besser, selbst Fragen zu stellen: »Denken Sie, da ist was dran an der Verschwörung, von der Schaack gesprochen hat?«

»Also, unter uns gesagt, Herr Kollege, ich glaube nicht, dass der Spies etwas mit dem Bombenwurf zu tun hatte. Der ist nicht dumm, der weiß doch, das bringt nichts. Der gefällt sich in der Rolle des Provokateurs, und vermutlich glaubt er sogar, was er von sich gibt, aber das ist es dann auch schon. Allerdings gibt es da sicher Leute, die das wörtlich nehmen, was er schreibt und sagt, und er hat wohl nicht begriffen, wie gefährlich das ist.« Jack nickte und Glauser fuhr fort: »Dieses Rache-Flugblatt zum Beispiel, das er nach den Vorfällen bei McCormick geschrieben hat, möglicherweise hat das ja den Bombenwerfer zu seiner Tat veranlasst? Vielleicht auch nicht, ich fürchte jedoch, die Staatsanwaltschaft wird Spies daraus einen Strick drehen.«

»Und nicht nur ihm, wie es scheint.«

»Klar, Parsons bestimmt auch, wenn sie ihn finden, Fielden wahrscheinlich und Schwab und ein paar anderen.« Glauser dachte kurz nach: »Ja, Engel und Fischer! Die ganz sicher, das sind doch die wahren Radikalen, denen traue ich durchaus zu, nicht nur Reden zu schwingen.«

»Ich habe gehört, die beiden haben eine eigene Zeitung herausgegeben.«

»Stimmt! *Anarchist* hieß die. Hat nur ein paar Monate existiert. Das Zeitungsgeschäft, das muss ich Ihnen ja nicht sagen, verehrter Kollege, ist nun mal nicht so einfach. Unsere Zeitung gibt es übrigens schon seit 1848! Möchten Sie mich nicht begleiten? Ich zeige Ihnen gerne unser Verlagsgebäude.«

Jack konnte diese Einladung schlecht ausschlagen. »Ja, gern«, erwiderte er daher und fügte hinzu: »Meine Eltern haben immer die *Staats-Zeitung* gelesen.«

Glauser lächelte erfreut und sagte: »Kommen Sie, wir nehmen die Straßenbahn, dann sind wir schnell da.«

Jack fuhr nun zum zweiten Mal mit der Kabelbahn. Glauser fand gerade noch Platz auf der Plattform und Jack musste auf dem Trittbrett mitfahren. Wegen der ungewohnten Geschwindigkeit war ihm dabei ein wenig mulmig.

Zweimal ging es in rasantem Tempo um Kurven, da die Bahn von der 5th Avenue in die Illinois Street fuhr und an der nächsten Ecke in die parallel zur 5th Avenue verlaufenden LaSalle Street einbog. Fuhrwerke und Fußgänger wichen aus, sobald sie die Bahn sahen.

»Die Leute haben inzwischen dazugelernt«, meinte Glauser, als ein paar Fahrgäste ausgestiegen waren und Jack endlich auch Platz auf der Plattform gefunden hatte. »Am Anfang gab es eine Menge Unfälle.«

Einige Augenblicke später wurde klar, warum die Bahn jetzt in der LaSalle Street in Richtung Stadtzentrum fuhr: Es ging wieder in einem Tunnel unter dem Chicago River hindurch.

Glauser erläuterte während der Durchfahrt, dass die Strecken der Kabelbahnen nur durch Tunnel geführt werden konnten, da die Brücken bekanntlich bei Schiffsverkehr zur Seite gedreht oder hochgezogen werden mussten und man daher kein Kabel über sie verlegen konnte.

Kurz darauf stiegen sie an der Ecke zur Washington Street aus und gingen zurück zur 5th Avenue, wo das siebenstöckige Verlagsgebäude der *Illinois Staats-Zeitung* stand. Eigentlich hätten sie jetzt die Straße überqueren müssen, aber Glauser sagte: »Kommen Sie, Herr Kollege, ich zeige Ihnen erst einmal die *Arbeiter-Zeitung*.«

Nach wenigen Schritten blieben sie vor einem vierstöckigen Geschäftshaus stehen, auf dessen Fassade zwischen der zweiten und dritten Etage in großen Buchstaben *Arbeiter-*

Zeitung stand. Links und rechts daneben befanden sich zwei kleinere Schriftzüge: *Vorbote* und *Fackel*.

»*Vorbote* ist die Wochenzeitung der Anarchisten und *Fackel* die Sonntagsausgabe der *Arbeiter-Zeitung*«, erklärte Glauser, der nicht wusste, dass Jack diese Zeitungen durch seinen Bruder kannte. »Die Kollegen haben es nicht einfach, die müssen alle Möglichkeiten ausschöpfen, um sich über Wasser zu halten. Soweit ich weiß, verdienen da alle gleich, vom Chefredakteur bis zum Setzer.« Glauser seufzte. »Wäre ja schön, wenn das bei uns auch so wäre. Na, man kann nicht alles haben, wenigstens sitze ich jetzt nicht bei Brot und Wasser in einer Zelle.«

Während Glauser das sagte, nahm Jack einen Mann wahr, der in einem Hauseingang auf der anderen Straßenseite stand und Zeitung las. Hin und wieder warf er einen Blick herüber.

Glauser bemerkte den Mann auch. »Beobachtung rund um die Uhr. Dabei haben sie schon alle verhaftet, die hier arbeiten. Und dass der Parsons hier auftaucht, damit ist doch wohl nicht zu rechnen.«

Auf dem kurzen Weg zur *Staats-Zeitung* erzählte Glauser, sein Chefredakteur, Hermann Raster, habe seinen Posten bereits seit 1861 inne und wohne in einem schönen Haus im Norden Chicagos. »Der ist ein echter Achtundvierziger, unheimlich gebildet, spricht sieben Sprachen!«

Gut, dass Bob nicht hier ist, dachte Jack. Die Achtundvierziger waren seinem Bruder ein Dorn im Auge. »Von wegen Revolutionäre!«, schimpfte er immer. Lediglich den Kampf gegen die Sklaverei und gegen das Verbot von Alkohol rechnete er ihnen als Verdienst an.

Die Redaktion und die Setzerei der *Staats-Zeitung* beeindruckten Jack schwer. Zwei Dutzend Mitarbeiter waren damit beschäftigt, die neue Ausgabe fertigzustellen. Glauser machte Jack mit einigen Redakteuren bekannt, die aufgeschlossen darauf reagierten, jemanden von einem Blatt namens *Dakota Zeitung* kennenzulernen. »Die meisten haben auch bei kleineren deutschen Zeitungen angefangen, nur der Chef war vorher in New York«, erwiderte Glauser auf eine entsprechende Bemerkung von Jack. »Wenn man vom Teufel spricht ...«

Ein kleiner rundlicher Mann um die sechzig, mit weißem Haar und grauem Ziegenbart kam ihnen entgegen. »Glauser, was gibt es in Sachen Haymarket?«, rief er.

Glauser ging eilig auf seinen Chef zu und Jack ließ sich aus Höflichkeit ein wenig zurückfallen. »Ich habe einen Zeugen aufgetrieben, der gesehen haben will, wer die Bombe geworfen hat«, hörte er Glauser mit gedämpfter Stimme sagen.

»Ist dieser Zeuge zuverlässig oder will er sich nur wichtigmachen?«

»Zuverlässig, würde ich sagen. Er hat mir den Namen eines Kollegen genannt, der das Gleiche gesehen haben will.«

»Gut, gehen Sie dem nach. Ein Zeuge reicht mir nicht, es gibt genug Spinner, das wissen Sie ja.«

Obwohl Jack einige Schritte hinter Glauser stand, hatte er alles gehört, was dieser seinem Chef berichtete. Der sah Jack an und fragte dann Glauser. »Und wer ist das?«

»Entschuldigen Sie«, sagte Glauser. »Darf ich vorstellen: Herr Raster, unser Chefredakteur, und Herr Hunhoff, Reporter der *Dakota Zeitung*.«

Auch bei Raster blieb der erstaunte Blick, den Jack normalerweise bei der Erwähnung seiner Zeitung erntete, aus. Der Chefredakteur gab ihm die Hand und seine Augen blitzten unter buschigen Augenbrauen. »Wie geht es denn dem lieben Herrn Schell?«

»Danke, gut«, erwiderte Jack überrascht. »Sie kennen meinen Verleger?«

»Wenn man so lange im Geschäft ist wie ich, weiß man durchaus, wer wo eine deutsche Zeitung herausgibt. Außerdem hatte mir der junge Mann hier einen Besuch abgestattet, als er auf dem Weg ins Dakota-Gebiet war. Vor drei Jahren, wenn ich mich nicht irre.«

»Ja, das kommt hin.«

»Ein sehr ambitionierter junger Mann. Ich fand das mutig und lobenswert, dass er eine eigene Zeitung herausgeben wollte. Und was bringt Sie hierher, Herr Hunhoff, möchten Sie sich um eine Stelle bewerben?«

»Nein, Herr Schell hat mich hergeschickt, um über die Ereignisse auf dem Haymarket zu berichten.«

»Ja, natürlich, ein anderes Thema gibt es derzeit nicht!« Raster wurde ärgerlich. »Diese Halunken, die da in den letzten Jahren aus dem Deutschen Reich gekommen sind, machen den guten Ruf der tüchtigen deutschen Einwanderer kaputt! Wir waren es doch, die Lincoln gewählt haben, und wir haben gegen die Sklaverei gekämpft! Und nun scheren uns die amerikanischen Zeitungen alle über einen Kamm.« Und an Glauser gewandt: »Wir dürfen nicht müde werden, unsere Loyalität und unsere Verdienste um die Demokratie auszudrücken.«

»Natürlich, Herr Raster, das machen wir doch.«

»Gut, weiter so! Herr Hunhoff, die Geschäfte rufen. Bitte grüßen Sie Herrn Schell von mir, ich wünsche ihm weiterhin viel Erfolg.«

Jack bedankte sich und Glauser sagte seinerseits: »Ich muss dann auch wieder. Kommen Sie, Herr Kollege, ich bringe Sie noch zur Tür.«

Jack dachte fieberhaft nach. Wie konnte er Glauser die Namen der Zeugen entlocken? Dies war seine beste Chance, die Identität des Bombenwerfers zu erfahren und Andreas zu helfen. Sollte er Glauser einfach fragen? Aber nein, der würde ihm das bestimmt nicht verraten. Im Zeitungsgeschäft wollte jeder der Erste sein. Vielleicht sollte er ihm folgen? Ja, das war am sichersten.

Als sie wieder auf der Straße standen, verabschiedete Jack sich herzlich und gab vor, in die entgegengesetzte Richtung wie Glauser gehen zu müssen. Nach einigen Schritten blieb er jedoch stehen, drehte sich um und wartete, bis Glauser weit genug entfernt war. Auf der Straße und auf dem Bürgersteig herrschte reger Betrieb, sodass er unauffällig die Verfolgung aufnehmen konnte.

Für einen recht schweren Mann hatte Glauser einen erstaunlich forschen Schritt. Er eilte die Randolph Street in Richtung Michigansee entlang, wich geschickt den entgegenkommenden Passanten aus, überquerte die geschäftige LaSalle Street, zwischen Pferdefuhrwerken hindurch und knapp vor einer heraneilenden Kabelbahn, und bog dann nach links in die Clark Street ein, in der ebenfalls viel Betrieb herrschte. Jack hatte in dem Gewimmel Mühe, ihn nicht aus den Augen zu verlieren. Er folgte Glauser über die Clark Street Bridge, die den Chicago River überspannte. Der Fluss stank wie eh und je, denn die Fabriken am Ufer leiteten jede Menge Abwässer hinein. In der Kinzie Street, die nicht weit vom Fluss entfernt lag, bog Glauser wieder links ab, überquerte die Straße und betrat eines jener vielen Logierhäuser für ledige Arbeiter, die in unmittelbarer Umgebung der Fabriken standen. Facharbeiter waren finanziell in der Lage, sich bei einer Arbeiterfamilie einzuquartieren, die Ungelernten dagegen mussten in diesen armseligen Massenunterkünften übernachten. Zumeist war eine Gastwirtschaft im Erdgeschoss untergebracht, in der die Arbeiter morgens und abends aßen und ihren geringen Lohn vertranken. Jack war als Polizist oft in diesen Häusern gewesen, denn immer wieder gab es dort Schlägereien.

Was sollte er jetzt tun? Er konnte Glauser schlecht in das Logierhaus folgen. Also erst einmal warten. Er ging ebenfalls über die Straße und blieb in einer Einfahrt stehen.

Auf das, was er dann sah, war er nicht vorbereitet: Sein Bruder Bob kam aus dem Logierhaus, gefolgt von Glauser. Wie konnte das sein, Bob war doch in Milwaukee? Aber er war es wirklich. Und was hatte er mit dem Reporter einer von ihm gehassten Zeitung zu schaffen? Jack ging weiter in die Einfahrt hinein und presste sich gegen die Wand. Bob und Glauser schritten vorbei und Jack hörte Bob sagen: »... ist gar nicht weit von hier.« Glauser erwiderte etwas, aber Jack konnte es nicht verstehen. Er folgte den beiden vorsichtig. Sie bogen nach links in die Clark Street ein und betraten schon nach wenigen Schritten ein anderes Logierhaus. Wahrscheinlich trafen sie sich dort mit dem Zeugen, den Glauser seinem Chefredakteur gegenüber erwähnt hatte. Was Bob damit zu tun hatte, war Jack schleierhaft.

Er nahm an, dass die beiden in seine Richtung zurückkommen würden. Deshalb war es besser, das Logierhaus von der anderen Seite aus im Auge zu behalten. Da er nicht einfach an dem Haus vorbeigehen konnte, ohne gesehen zu werden, lief er zurück zur Kinzie Street, eine Nebenstraße hoch und eine andere Straße entlang wieder bis zur Clark Street.

Obwohl Jack sich sehr beeilte, vergingen dabei zehn bis fünfzehn Minuten. Und kaum schaute er um die Ecke, kam Glauser auch schon aus dem Haus und ging, wie Jack richtig vermutet hatte, zurück in Richtung Stadtzentrum. Von Bob war allerdings nichts zu sehen. Also hieß es warten.

Endlich trat Bob auf die Straße und kam in Jacks Richtung gelaufen. Jack versteckte sich nun nicht weiter. Auf halbem Weg luden gerade zwei Männer Bierfässer von einem Wagen und versperrten Bob die Sicht, deswegen entdeckte er Jack nicht gleich. Als sie nur noch ungefähr dreißig Schritte trennten, bemerkte er ihn endlich und grinste. Sein Gesicht sah inzwischen viel besser aus, die Schwellungen waren zurückgegangen und das rechte Auge war wieder zu sehen. Der Bart war in den letzten Tagen kräftig gewachsen.

»Was machst du denn hier?«, rief Bob.

»Das sollte ich dich fragen«, antwortete Jack ärgerlich. »Warum hast du dich nicht bei mir gemeldet?«

»Bin gestern erst zurückgekommen und dann hatte ich zu tun.«

»Du bist zu Glauser gegangen?«

Damit hatte Bob nicht gerechnet. »Woher weißt du das denn?«

»Glauser hat mir vorhin seine Redaktion gezeigt und ich habe ihn zu seinem Chefredakteur sagen hören, er wolle einen Zeugen des Bombenwurfes treffen. Da bin ich ihm gefolgt. Du bist doch nicht etwa dieser Zeuge?«

»Das sag mal nicht dem Glauser.«

»Was, du hast ihm weisgemacht, du hättest den Bombenwerfer gesehen?«

»Ja, und nicht nur das, ich habe ihm auch noch einen zweiten Zeugen besorgt.«

»Und warum, wenn ich fragen darf?«

»Wir haben ihm gesagt, es sei ein Pinkerton gewesen, der die Bombe geworfen hat und dass die wahrscheinlich bei den Arbeitern landen sollte.«

»Und das hat er dir geglaubt?«

»Schwer zu sagen. Schaden kann es jedenfalls nicht, dieses Gerücht zu streuen. Solange die Zeitungen der Anarchisten nicht erscheinen dürfen, bleibt uns gar nichts anderes übrig, als auf diese Weise den Lügen der Kapitalistenpresse entgegenzuhalten.«

»Und warum Glauser?«

»Der ist mir als leichtgläubig empfohlen worden. Ich habe ihm gesagt, ich hätte eine Weile für die Pinkertons gearbeitet und den Bomberwerfer deshalb erkannt.« Bob sah sich um und packte Jack am Arm. »Wir sollten hier nicht rumstehen. Lass uns zu Sophie fahren!«

Sie liefen los und Jack forderte seinen Bruder auf, ihm zu erzählen, was er in den letzten Tagen getrieben hatte.

»Nach der Ankunft in Milwaukee bin ich gleich zu Paul Grottkau gegangen, und der hat mir gesagt, dass mein alter Freund Edmund Deuss in der Stadt ist.«

»Und wer ist das?«

»Ein Redakteur der *Arbeiter-Zeitung*, der Chicago verlassen hat, bevor sie ihn auch verhaften konnten. Der war es, der mir geraten hat, zu Glauser zu gehen.«

»Und hast du von diesem Deuss etwas erfahren können?«

»Ja, er hat gesehen, wer die Bombe geworfen hat.«

»Schaack hat behauptet, Rudolph Schnaubelt wäre es gewesen.«

Bob schüttelte den Kopf. »Nein, der hat die Bombe angezündet, aber geworfen hat sie ein anderer.«

»Und du kennst den Namen?«

»Edmund hat gesagt, dass es Georg Meng war, ein Genosse aus dem Lehr und Wehr Verein.«

»Also wirklich ein Anarchist?«

»Ja, sieht so aus. Edmund meinte, die beiden, also Schnaubelt und Meng, wären hinter den Polizisten hergegangen und hätten dann die Bombe geworfen. Deshalb kamen wir auch auf die Geschichte mit dem Pinkerton.«

»Und er hat das genau gesehen? Ich bin bei Dunkelheit dort gewesen. Die eine Laterne, die es da gibt, strahlt nicht gerade viel Licht aus.«

»Edmund hatte in einer Kneipe am Haymarket ein Bier getrunken und als er zur Kundgebung zurückgehen wollte, kam die Polizei ihm zuvor. Dann hat er Schnaubelt und Meng auf der Randolph Street aus der anderen Richtung kommen sehen. Die beiden waren außer Atem gewesen, hat er gesagt, und sie hätten sich hinter einen Kistenstapel auf dem Bürgersteig gestellt und schließlich die Bombe angezündet und geworfen.«

»Aber in den Zeitungen steht, die Bombe sei aus der Gasse geworfen worden, wo der Wagen mit den Rednern stand.« Noch während Jack das sagte, fiel ihm etwas ein: »Nein, warte, nicht in allen. In einer Zeitung habe ich gelesen, dass die Bombe zwar von der Seite, aber leicht von hinten geflogen kam.«

»Siehst du!«

»Ja, und einer der verletzten Polizisten, mit dem ich gesprochen habe, hat das auch gesagt.« Jack blieb stehen: »Das passt wirklich alles zusammen! Jacob Loewenstein hat mir nämlich erzählt, Schnaubelt wäre nach seiner Verhaftung wieder freigelassen worden, weil es Zeugen gab, die ihn ein paar Minuten vor der Explosion fortgehen sahen.«

»Wie ist er denn durch die Polizeikette gekommen?«

»Musste er gar nicht. Er ist durch die Gasse gelaufen, die um das Fabrikgebäude an der Ecke von Randolph und Desplaines Street herumführt. Er konnte da im Dunkeln einfach verschwinden und in der Randolph Street wieder herauskommen. Bonfield und seine Truppe waren dort zu diesem Zeitpunkt schon vorbei, sodass er sich dann von hinten anschleichen konnte, so wie es dein Freund Deuss gesehen hat. Und wenn der die Wahrheit sagt, war Schnaubelt nicht allein.«

Bob dachte kurz nach und sagte dann: »Schnaubelt ist also nicht durch die Gasse geflüchtet, wie in den Zeitungen stand, sondern vielmehr auf diesem Weg zusammen mit Meng zur Randolph Street und dann an den Tatort gelangt.«

»Ja, so muss es gewesen sein! Und was jetzt? Sollen wir Schaack davon berichten?«

Bob schüttelte den Kopf. »Wir dürfen Meng nicht verraten.«

»Vielleicht können wir so Andreas helfen ...«

»Das glaube ich nicht. Die wollen Spies und Parsons an den Kragen, der eigentliche Täter stört da nur. Was glaubst du denn, warum die Schnaubelt laufen gelassen haben?«

»Du denkst, das war Absicht?«

»Da bin ich mir sogar ganz sicher.«

»Schaack glaubt, es handelt sich um eine großangelegte Verschwörung.«

»Anarchisten und Verschwörung?« Bob lachte. »Die sind dazu gar nicht in der Lage. Da weiß doch die rechte Hand nicht, was die linke macht.«

»Wie meinst du das?«

»Edmund hat gesagt, Fischer und ein paar andere haben sich in den letzten Monaten ständig über Spies beklagt. Dass er nicht anarchistisch genug sei. Es gibt ein zentrales Komitee der anarchistischen Gruppen in Chicago, aber daran wollten sie sich nicht beteiligen, die haben ihr eigenes Süppchen gekocht.«

»Ja, der Bruder von Spies und die Frau von diesem Fischer haben das auch erwähnt.«

»Spies hätte einen Bombenwurf zu diesem Zeitpunkt nie gutgeheißen. Der will erst einmal die Arbeiter richtig organisieren. Allerdings sind da so einige, Fischer zum Beispiel, die eine ganz andere Meinung haben und sich eher an Mosts Ideen halten.«

»Der Bombenwurf war doch geplant?«

»Schwer zu sagen. Und wenn er das war, dann hatten die drei Redner, also Spies, Parsons und Fielden, keine Ahnung, dass das passieren würde. Parsons war immerhin mit seinen Kindern dort!«

»Und jetzt müssen sie trotzdem ihren Kopf dafür hinhalten.«

»Genau.«

»Und Andreas? Was hat der damit zu tun? Warum ist er noch nicht freigelassen worden?«

Bob kratzte sich den Bart. »Das frage ich mich auch. Wir müssen ihn da auf jeden Fall rausholen, bevor er zum County Jail gebracht wird. Wenn er erst einmal dort ist, ist alles zu spät.«

»Ihn da rausholen? Was meinst du denn damit?«

»Sobald wir wissen, wann die Anklage erhoben wird, gehen wir zur Wache und sagen, wir hätten den Befehl, Andreas zum County Jail zu überführen.«

»Aber Schaack und Loewenstein kennen uns doch.«

»Dann passen wir einen Augenblick ab, wenn die beiden nicht da sind.«

»Das wird uns keiner glauben!«

»Doch, wenn wir unsere Uniformen tragen.«

»Unsere Uniformen?« Jack blieb stehen. »Du hast doch nicht etwa ...«

»Ja, habe ich. Die sind in meinem Koffer, in dem Logierhaus. So ein Dreckloch. Die Leute, die dort immer übernachten müssen, können einem leidtun.«

Jack war sprachlos. Er hatte sich bei der Abfahrt in Neufeld schon gefragt, warum sein Bruder einen so großen Koffer mitgebracht hatte, aber dass sich ihre alten Uniformen darin befanden, hätte er nie im Leben gedacht.

Sie gingen weiter und Jack fragte: »Wer war eigentlich der andere Zeuge, den du Glauser präsentiert hast?«

»Ein Trinker, dem ich Geld für ein paar Gläser Bier gegeben habe. Der hat seine Sache wirklich gut gemacht. Glauser hat ihm die Geschichte abgenommen, glaube ich.«

Für Geld machen die Leute hier alles, dachte Jack, und berichtete seinem Bruder von Gustav Ott, den er auf Anraten von Moses Salomon in die Polizeiwache geschickt hatte.

Die kurze Strecke von der Straßenbahnhaltestelle bis zu Sophies Wohnung mussten sie im Laufschritt zurücklegen, weil es plötzlich wie aus Eimern goss. Sophie, die überrascht war, Jack in Begleitung seines Bruders zu sehen, machte ihnen Tee. Dabei hörte sie sich Jacks Bericht an, wie Gustav Ott die Nachricht an Andreas überbracht hatte.

»Der Prozess beginnt bald und Andreas ist immer noch in Haft, da stimmt doch was nicht!«, sagte sie sichtbar beunruhigt, als Jack fertig war. »Was haben sie denn mit ihm vor?«

Jack wiederholte die Vermutung, man wolle Andreas wahrscheinlich dazu bringen, als Zeuge gegen seine Freunde und Kollegen auszusagen, und Bob legte daraufhin seinen Befreiungsplan vor.

Sophie war davon überhaupt nicht begeistert. »Bevor die Anklage erhoben wird, macht ihr das auf gar keinen Fall! Was ist, wenn Andreas freigelassen werden soll? Wenn ihr ihn vorher befreit, werden sie denken, er hätte etwas mit dem Bombenwurf zu tun. Und dann schnappen sie ihn und er kommt jahrelang ins Gefängnis. Und ihr auch.«

Jack war froh, dass Sophie diese Einwände vorbrachte. Er fand Bobs Idee auch zu riskant.

Bob gab zum Glück nach: »Na gut, aber falls Andreas nicht freikommt, greifen wir ein. Wer auf der Anklagebank landet, wird auch verurteilt, darauf könnt ihr euch verlassen. Und Andreas darf auf keinen Fall dabei sein!«

»Gut, ich werde versuchen, von Loewenstein zu erfahren, wer angeklagt wird«, sagte Jack. Er wollte die waghalsige Befreiungsaktion unbedingt vermeiden.

»Vielleicht solltest du mit Ella schon die Stadt verlassen«, meinte Bob zu Sophie. »Ihr wartet dann in Milwaukee auf uns.«

»Das habe ich auch schon vorgeschlagen«, sagte Jack und sah Sophie an.

»Nein, ohne Andreas gehe ich nicht.« Sie ließ sich einfach nicht davon überzeugen.

»Halte dich auf jeden Fall bereit«, sagte Jack und wandte sich dann an seinen Bruder: »Und was machen wir als Nächstes?«

»Wir fahren zu Meng.«

Als sie zwei Stunden später in einem Vorort namens Hegewisch aus dem Zug stiegen, verschlug es ihnen den Atem. Der Wind kam aus Osten und wehte den Qualm aus den Schloten der zahlreichen Stahlwerke am Ufer des Michigansees herüber zu dem winzigen Ort, den es anscheinend noch nicht sehr lange gab und der Jack daher ein wenig an die kleinen Städte im Dakota-Gebiet erinnerte. Der Bahnhof und sämtliche Gebäude ringsum sahen allesamt aus, als seien sie erst vor Kurzem gebaut worden. Die Straßen waren kurz und unbefestigt, im Norden und Süden konnte man gleich hinter den Häusern Felder und Wiesen sehen, im Westen aber, auf der anderen Seite der Eisenbahngleise, befand sich eine weitläufige Fabrik mit vielen Schienen, auf denen Dutzende nagelneue Güterwaggons standen.

»Weißt du, wo die Familie Meng wohnt?«, fragte Bob einen Jungen, der auf den Stufen zum Bahnhofseingang saß.

»Da, in dem alten Farmhaus am Ende der Straße«, antwortete er und deutete mit dem Arm in Richtung Norden.

Jack und Bob machten sich auf den Weg. Das war nicht ganz einfach, denn die Straße war von Pfützen überzogen und einen Bürgersteig gab es nicht. Ihre Schuhe und Hosenbeine waren schon nach wenigen Schritten mit Schlammspritzern bedeckt.

»Was machen wir hier eigentlich?«, fragte Jack, mehr sich selbst als seinen Bruder.

»Wir gehen der Sache auf den Grund«, antwortete Bob. »Und dann sehen wir weiter.«

»Wer ist denn nun dieser Meng?« Während der Zugfahrt hatte er nicht fragen wollen, da gab es zu viele neugierige Ohren.

»Ein Anarchist wie aus dem Lehrbuch, absolut prinzipientreu. Er war einer der vier Chicagoer Delegierten auf dem Pittsburgher Kongress.«

»Pittsburgher Kongress?«

»Fand 1883 statt. Da haben sie das Pittsburgher Manifest verabschiedet, ein gemeinsames revolutionäres Programm aller Anarchisten in Amerika. Großartig, kann ich dir mal leihen, wenn du willst. Most, Spies und Parsons waren die Hauptverfasser, aber Meng war auch dabei.«

»Und warum habe ich dann seinen Namen bis heute nicht gehört?«

»Weil er keiner der bekannten Führer ist und nie Reden gehalten hat. Vielleicht auch, weil er nicht in der Stadt wohnt, sondern hier draußen. Der kam mir damals schon, als ich noch in Chicago war, sehr unabhängig vor, ein wahrer Anarchist eben.«

»Und der würde sich einer Anordnung von Spies ohne Weiteres widersetzen?«

»Da ist er ja nicht der Einzige.« Bob sah sich um, er wollte sicher sein, dass sie niemand hörte. »Weißt du, Lingg und Seliger, die Bombenbauer, sowie Schnaubelt und Meng, die Bombenwerfer, die sind alle in derselben deutschen Gruppe.«

»Das habe ich nicht gewusst. Und Spies?«

»Nein, der eben nicht, der ist in der American Group. Parsons und Fielden auch. Das ist keine bewaffnete Gruppe, die widmet sich eher den theoretischen Fragen und der Aufklärung der Massen.«

»Die eine Gruppe hat also die Redner auf der Haymarket-Kundgebung gestellt und die andere hat für die Bombe gesorgt, ganz unabhängig voneinander?«

»Scheint so. Mal sehen, ob Meng das bestätigt.«

Sie waren an dem Farmhaus angekommen und ein kräftiger Hund mit rabenschwarzem Fell schoss um die Ecke und bellte sie an.

Ein einfach gekleideter Mann, Anfang vierzig, mit rundem Gesicht und Schnauzbart, erschien in der Haustür und rief: »Otto, bei Fuß!« Er kniff die Augen ein wenig zusammen. »Bist du das, Bob Hunhoff?«

»Derselbe«, erwiderte Bob, trat näher und gab ihm die Hand, während der Hund an seinem Hosenbein schnüffelte. »Und das ist mein Bruder Jack.«

»Sieht man gleich, dass ihr Brüder seid«, sagte Meng und musterte Jack mit stechenden grauen Augen. »Was bringt euch nach Hegewisch?« Und bevor sie antworten konnten, fragte er Bob noch: »Wo warst du denn in den letzten Jahren?«

»Das ist eine lange Geschichte«, sagte Bob.

»Na, dann kommt mal rein, wir sind gerade mit dem Essen fertig. Eine Tasse Kaffee kann ich euch allerdings anbieten.«

Jack und Bob bedankten sich und zogen ihre schmutzigen Schuhe aus. »Ja, die Hegewischer Straßen«, meinte Meng. »Der Herr Hegewisch von der Waggonfabrik will hier eine Musterstadt aufbauen, so wie der Pullman ein paar Meilen von hier. Zu Bürgersteigen hat es noch nicht gereicht, aber Hauptsache, die Stadt ist nach ihm benannt.«

»Das kennen wir«, sagte Jack. »Wir wohnen in einer Stadt namens Neufeld im Dakota-Gebiet, die ist nach einem Eisenbahnbesitzer benannt.«

»Dakota-Gebiet?« Meng pfiff durch die Zähne und sah Bob an. »Da bist du also hin? Nimmst am Leben der Bauern teil, so wie Bakunin es lehrt.«

»*Staatlichkeit und Anarchie.*« Jack erinnerte sich an den Buchtitel, den Schaack bei ihrem ersten Gespräch erwähnt hatte. Von Meng erntete er einen zustimmenden Blick, Bob dagegen sah ihn eine Sekunde lang überrascht an, hatte sich aber sofort wieder unter Kontrolle. In der Küche wurde gerade abgeräumt. Meng stellte seine Frau und zwei fast erwachsene Töchter vor, trug diesen auf, Kaffee zu kochen, und führte seine Gäste ins Wohnzimmer. Er schloss die Tür hinter sich und fragte dann: »Und was bringt euch nach Chicago?«

»Der Genosse Most schickt uns«, sagte Bob, ohne mit der Wimper zu zucken. Jack traute seinen Ohren nicht und beschloss, erst einmal den Mund zu halten.

»Wie geht es Johann?«

»Gut, soweit ich weiß. Er hat uns eine Nachricht geschickt und aufgetragen, nach Chicago zu fahren und herauszufinden, was am 4. Mai wirklich passiert ist. Und wir sollen ausrichten, dass ihr stolz sein könnt. Die Bluthunde werden es sich fortan zweimal überlegen, ob sie eine friedliche Versammlung angreifen.«

Meng setzte sich hin und sagte mit zitternder Stimme: »Die haben es nicht anders verdient. Da waren vielleicht noch dreihundert Leute auf der Kundgebung und dann kommen sie da anmarschiert, mit zweihundert Mann und gezogenen Waffen. Das sollte ein Massaker werden, das hat Rudolph auch gemeint. Wenn noch zwei oder drei weitere Bomben geflogen wären, dann hätten wir die alle erledigt, dann wäre kein Arbeiterblut geflossen.«

»Ihr hattet nur eine?«

»Wir hatten uns mit Lingg bei Neff's getroffen, aber der hatte nur noch eine einzige. Hat gesagt, er hätte den ganzen Tag welche hergestellt. Zwei Dutzend hat er an die Genossen von unserer Gruppe ausgegeben. Stellt euch das mal vor! Wo sind die denn alle geblieben? Verdammte Feiglinge! Wir hatten doch am Abend zuvor beschlossen, so etwas wie bei McCormick dürfe nie wieder passieren. Deswegen hat Fischer doch das Losungswort in den Briefkasten gesetzt.«

»Du meinst das Wort Ruhe?«

»Ja, genau. Das war das Signal an die bewaffneten Gruppen, dass wir uns mit allen Mitteln wehren sollen, falls die Bluthunde wieder angreifen. Spies hat anscheinend davon erfahren und Balthasar Rau losgeschickt, um Bescheid zu sagen, der Abdruck sei ein Versehen gewesen. Deswegen hat von den anderen Gruppen wohl keiner was gemacht.«

»Und ihr?«, fragte Bob.

»Wir haben erst hinterher davon erfahren.«

»Hinterher?«

»Ja, zwei, drei Tage später, als die meisten schon verhaftet waren. Rudolph hatten sie ja auch, aber zum Glück haben sie ihn wieder laufen lassen.«

»Hast du Rudolph danach noch mal gesehen?«

Sie unterbrachen ihre Unterhaltung, denn die Tür ging auf und eine der Töchter brachte drei Tassen Kaffee. Als sie wieder weg war, sagte Meng: »Ja, er war eine Nacht hier, bevor er sich aus dem Staub gemacht hat. Den kriegen sie nie!«

»Wo ist er denn hin?«

»Außer Landes, das ist alles, was ich weiß.«

»Und du, hast du keine Angst, verhaftet zu werden? Du hast doch die Bombe geworfen, nicht wahr?«

Meng sagte zögerlich: »Ich war mir ganz sicher, dass uns niemand gesehen hat. Wir sind doch von hinten an die Bluthunde ran, das ging alles ganz schnell, und dunkel war es auch. Aber da habe ich mich wohl geirrt, denn sonst wärt ihr ja nicht hier.«

»Keine Sorge, es war der Genosse Deuss, der euch gesehen hat.«

»Ach ja, den habe ich ganz vergessen, der kam die Randolph Street runter. Hatte ganz schön einen in der Krone. Wir hatten den gar nicht weiter beachtet. Ist der denn nicht verhaftet worden mit den anderen von der *Arbeiter-Zeitung*?«

Bob schüttelte den Kopf. »Nein, er ist aus Chicago geflohen und kommt bestimmt nicht zurück. Du musst dir also keine Sorgen machen.«

»Nun, das ist gut.« Meng nahm einen Schluck Kaffee und sagte: »Denkt bitte nicht, dass ich ein Feigling bin. Wenn der Genosse Most es für richtig hält, stelle ich mich den Bluthunden.«

»Nein«, sagte Bob. »Das war eine mutige Handlung und längst überfällig. Ihr wart doch die Ersten, die den Rat des Genossen Most befolgt haben, dass wir uns mit Dynamit zur Wehr setzen sollen. Und den Bluthunden die Arbeit erleichtern, das kommt nicht infrage. Ich werde dem Genossen Most alles berichten. Der Kampf hat gerade erst richtig begonnen und wir brauchen dich noch.«

Meng schien erleichtert zu sein, aber es war ihm anzusehen, dass die Ereignisse ihn sehr mitgenommen hatten. Als er sie einige Minuten später zur Tür brachte, gab Bob ihm freundschaftlich die Hand und sagte zum Abschied: »Nur ein wehrhaftes Volk ist frei.«

Jack ging eine Weile wortlos neben seinem Bruder her. Er überlegte, ob Bob an all das wirklich glaubte, was er zu Meng gesagt hatte. Wenn sie noch in Chicago bei der Polizei gewesen wären, hätten sie immerhin auch unter den Toten und Verletzten sein können. Schließlich fragte er: »Und was jetzt?«

»Wir könnten zu den Anwälten gehen und ihnen sagen, was wir wissen.«

»Kein Wort zu Schaack?«

»Nein, auf gar keinen Fall.«

Jack nickte. Dass sie mit dem Täter gesprochen hatten und dieser überhaupt nichts abstritt und auch bereit war, sich zu stellen, wenn es gewünscht wurde, schien ihm beinahe unwirklich. »Wie bist du nur so schnell auf den Einfall gekommen, Most hätte uns geschickt?«

Bob lächelte. »Weil es beinahe wahr ist.«

Jack blieb stehen. »Was?«

»Ich habe Most ein Telegramm aus Milwaukee geschickt, dass ich wieder nach Chicago fahre. Ich habe gedacht, er könnte mir vielleicht helfen. Schließlich kennt er eine Menge Leute hier. Ich habe zwar auf die Schnelle keine Antwort bekommen, aber ich werde ihm trotzdem schreiben, was ich hier erfahren habe.«

»Und Most weiß, wer du bist?«

»Selbstverständlich, ich stehe seit Jahren mit ihm in Briefkontakt. Habe ihn auch zweimal selbst getroffen. Most hat mich übrigens damals ermutigt, ins Dakota-Gebiet zu gehen.«

Das konnte doch wohl nicht wahr sein, dachte Jack und fragte: »*Staatlichkeit und Anarchie,* da ist also was dran?«

»Mehr oder weniger. Woher kennst du das eigentlich? Du hast dir doch nie Bücher von mir geliehen.«

»Hat Schaack mir gesagt.«

»Der kennt das?«

»Ja, das tut er. Hat das Buch erwähnt, als er nach dir gefragt hat. Ich wusste gar nicht, wovon der redet, aber er hat es mir auseinandergesetzt. Pass bloß auf, dass du dem nicht in die Hände fällst.«

Bob blieb stehen. »Denkt Schaack vielleicht, Andreas hätte etwas mit den russischen Anarchisten zu tun?«

»Weil er aus Russland gekommen ist? Da war er doch fast noch ein Kind.« Jack konnte sich das nicht vorstellen. Dann jedoch erinnerte er sich an seine Gespräche mit Loewenstein. »Ganz ausschließen können wir das allerdings nicht. Schaack scheint eine ausgesprochen lebhafte Fantasie zu haben, was Anarchisten betrifft. Der denkt auch, Lingg wurde von diesem Reinsdorf nach Chicago geschickt.«

»Hat er dir das gesagt?«

»Nein, das habe ich von Loewenstein. Denkst du, da ist was dran?«

»Wenn das jemand weiß, dann nur Lingg selbst. Und der wird das bestimmt nicht preisgeben.«

»Kannst du Most nicht mal danach fragen?«

»Ich wüsste nicht, wozu das gut sein sollte.«

Jack hatte das Gefühl, dass er die ganze Wahrheit in diesem Fall wohl nie erfahren würde. Selbst sein Bruder gab nur ausweichende Antworten. Aber sie waren hergekommen, um Andreas zu helfen. Das war die Hauptsache.

Wieder in Chicago angekommen, erwartete sie eine Überraschung. In der Bahnhofshalle rief ein Zeitungsjunge: »Anarchisten werden Montag angeklagt! Alles dazu in der *Chicago Tribune!*« Vom anderen Ende der Halle hörten sie: »Heute in der *Daily News:* Staatsanwalt erhebt Anklage gegen Verschwörer!«

Jack winkte den Zeitungsjungen der *Chicago Tribune* zu sich heran und kaufte ein Exemplar. Er fand die Nachricht sofort und las vor: »Anklageerhebung am Montag. Aus gut unterrichteten Kreisen hat die *Tribune* heute erfahren, dass Staatsanwalt Grinnell am Montagmorgen der Grand Jury eine Liste mit den Namen jener Anarchisten vorlegen wird, die im Zusammenhang mit der Haymarket-Bombe, die sechs Polizisten getötet und viele weitere schwer verletzt hat, angeklagt werden sollen. Nach Bestätigung der Namen durch die Grand Jury werden die Angeklagten einem Richter vorgeführt und bis zum Prozessbeginn im Cook County Jail verwahrt.«

»Von Schnaubelt ist keine Rede«, bemerkte Bob. »Habe ich nicht gesagt, die wollen Spies und Parsons an den Kragen? Und wahrscheinlich noch ein paar anderen.«

»Dass Andreas noch nicht frei ist, macht mir wirklich Sorgen«, sagte Jack.

»Mir auch. Wir müssen vor Montag herausbekommen, wer auf der Anklageliste steht.«

»Loewenstein?«

»Ja, du musst ihn unbedingt fragen. Sag einfach, du brauchst das für einen Artikel. Nein, besser noch: Dein Verleger erwartet von dir, dass du die Namen vorab in Erfahrung bringst.«

»Ich werde es versuchen.«

»Und wenn sie Andreas anklagen, holen wir ihn da raus!«

Jack nickte unsicher.

16. Mai 1886

Die Kirchenglocken läuteten und die Sonne schien, als Jack an diesem Sonntagmorgen das Hotel verließ.

Er hatte schlecht geschlafen. Morgen würde die Anklage gegen die Anarchisten erhoben werden und sie wussten immer noch nicht, wie es um Andreas stand. Bobs Befreiungsplan erschien ihm viel zu gefährlich. Sein Bruder hatte nicht so viel zu verlieren wie er, Bob hatte keine Frau und kein Kind. Sollte er ihm das sagen und ihn dazu bringen, Andreas alleine zu befreien? Nein, ein Feigling wollte er nicht sein, und zu zweit waren sie glaubwürdiger. Ein einzelner Polizist, der einen Gefangenen überführen will, würde mit Sicherheit Verdacht erregen.

Was Jack ebenfalls nicht schlafen ließ, war die Erkenntnis, dass sein Bruder mit Johann Most, dem radikalsten aller Anarchisten in Amerika, in Verbindung stand. Aber hatte er wirklich geglaubt, Bob würde einfach Farmer werden und seinen Überzeugungen abschwören? Seine Bücher lieh Bob jedenfalls bereitwillig allen aus, die Interesse zeigten. Und trotzdem sah es nicht so aus, als ob er wirklich jemanden bekehren wollte. Oder war da doch mehr? Bob fuhr hin und wieder nach Bismarck und Minneapolis, angeblich weil ihm das Stadtleben fehlte. Traf er sich dort mit anderen Anarchisten? Gab es dort auch bewaffnete Gruppen?

Jack glaubte an Gesetz und Ordnung. Nein, nicht so wie hier in Chicago, wo auf die Arbeiter eingeprügelt wurde. Und schon gar nicht so wie Schaack, der Leute überwachen ließ und Zeugenaussagen erpresste. Eher so wie in Neufeld und Watertown, denn dort kamen die Leute gut miteinander aus, wenn sich alle an die Gesetze hielten. Als Sheriff hatte er sein Möglichstes dafür getan. Die Anarchisten aber wollten die Gesetze, den Staat und das Eigentum abschaffen. Bei den Verhältnissen hier in der Stadt war dieser Wunsch ja nachvollziehbar, aber er musste Bob später einmal fragen, welche Pläne die Anarchisten eigentlich für die ländlichen Gebiete hatten.

Heute galt es zunächst einmal, Jacob Loewenstein zu finden und herauszubekommen, ob der Name Andreas Brenner auf der Anklageliste stand.

Jack hatte sich gestern Abend noch in der Nähe der Chicago Avenue Station aufgehalten, jedoch vergeblich, denn Loewenstein war er nicht über den Weg gelaufen. Also musste er es heute wieder versuchen.

Auch Andreas hörte Kirchenglocken in seiner Zelle im Keller der Wache. Seit der Verhaftung waren beinahe zwei Wochen vergangen, eine Ewigkeit, wenn man zur Untätigkeit gezwungen ist. Die Verhöre waren die einzige Abwechslung gewesen und die Zeit dazwischen zog sich endlos hin. Er konnte weder mit anderen Gefangenen reden noch lesen oder sonst etwas tun. Man hielt ihn zudem in völliger Unwissenheit darüber, was draußen passierte und wie es mit ihm weitergehen würde.

Wenn er doch nur mit Sophie sprechen könnte. Neben der großen Angst, dass man ihn weiterhin festhalten oder sogar anklagen würde, hatte Andreas auch praktische Sorgen: Wie sollte Sophie die Miete für den nächsten Monat aufbringen? Mit seinem Verdienst kamen sie gerade so über die Runden und Ersparnisse für den Notfall hatten sie keine. Selbst wenn er bald freikäme und sofort eine Arbeit fände, könnte er bis zum Monatsende unmöglich genug verdienen. Die Vermieter waren gnadenlos, wer nicht zahlen konnte, flog raus. Wo sollten sie dann hin mit einem kleinen Kind? Sophies Stiefvater um Geld zu bitten, kam nicht infrage. Vielleicht konnte er seinem Bruder Thomas schreiben, dessen Farm lief recht gut, aber viel Erspartes hatte er sicher auch nicht. Seinen Briefen nach zu urteilen, kaufte er ständig Ackerfläche hinzu, weil er glaubte, auf lange Sicht würden nur Farmen mit viel Land überleben. Er hörte sich bereits wie ein richtiger Kapitalist an. Wenigstens verdiente er sein Geld mit seiner eigenen Hände Arbeit und nicht durch die Ausbeutung anderer Menschen.

Am besten wäre es wahrscheinlich, Chicago zu verlassen und vorerst ins Dakota-Gebiet zurückzukehren, um finanziell erst einmal wieder auf die Beine zu kommen. Aber Sophie wollte nicht auf dem Land leben, schon gar nicht in einer so abgeschiedenen Gegend wie dem Dakota-Gebiet, das noch nicht einmal ein Bundesstaat war.

»Du treibst dich aber oft hier herum!«, rief Jacob Loewenstein.

Ihre Begegnung war kein Zufall, aber Loewenstein wusste das nicht. Als Jack seinen ehemaligen Kollegen endlich aus der Wache kommen sah, hatte er gewartet, bis dieser um die Ecke bog, und war dann selbst im Eilschritt durch eine parallel verlaufende Gasse gegangen. Als Loewenstein die nächste Ecke erreichte, kam Jack wie zufällig die Straße herunter und setzte ein überraschtes Gesicht auf.

»Bin auf dem Weg zum Gerichtsgebäude«, entgegnete er Loewensteins Zuruf. »Mein Verleger will unbedingt vorab wissen, wer angeklagt wird.«

Loewenstein schaute ihn verwundert an. »Bist du nicht bei einer Kleinstadtzeitung?«

Jack hatte sich eine Erklärung bereitgelegt. »Ja, aber mein Verleger kann so eine Nachricht an die Zeitungen in Bismarck und Minneapolis verkaufen.«

»Verstehe. Aber glaub mir, die Reporter hier versuchen, das auch zu erfahren, und die haben ausgezeichnete Beziehungen.«

»Nicht so gute wie ich.«

Loewenstein lächelte und schüttelte den Kopf. »Wenn du denkst, ich sage dir, wer auf der Anklagebank landet, dann muss ich dich leider enttäuschen. Spies und Parsons sind dabei, das kannst du dir ja sicher denken. Mehr weiß ich auch nicht, Schaack sagt darüber kein Wort. Wenn es nach dem ginge, würden sowieso alle Anarchisten eingesperrt.«

»Und es gibt wirklich keine Möglichkeit, weitere Namen zu erfahren?«

»Nein, morgen früh werden wir alle schlauer sein. Glaub mir, ich bin froh, wenn das alles vorbei ist und ich endlich mal wieder einen Sonntag freihabe.«

Es war zwecklos, Loewenstein die Namen entlocken zu wollen. Er wusste bestimmt, wer angeklagt wird, aber was konnte man da machen? Ihn zu bestechen, wagte Jack nicht, obwohl er sicher war, dass die Reporter in Chicago genau auf diese Art und Weise an so manche wichtige Information herankamen.

Er verabschiedete sich und ging weiter in Richtung Gerichtsgebäude und County Jail. »Du verschwendest deine Zeit!«, rief ihm Loewenstein noch hinterher. Jack winkte und setzte seinen Weg trotzdem fort. Wenn Bob weiterhin auf seinen Befreiungsplan bestand, konnte es nicht schaden, sich die örtlichen Gegebenheiten noch einmal anzuschauen.

Am frühen Abend ging Jack wieder zu Sophie. Er war spät dran, da ewig keine Straßenbahn gekommen war. Bob war es in der Zwischenzeit bereits gelungen, Sophie von seinem Befreiungsplan zu überzeugen.

»Wir machen das aber nicht an der Chicago Avenue Station«, sagte Jack, der sich die Sache nach seiner Ortsbesichtigung genau überlegt hatte. »Die Gefahr, dort von Schaack oder Loewenstein gesehen zu werden, ist einfach zu groß.«

»Wo dann?«, fragte Bob

»Vor dem County Jail. Wenn der Transportwagen dort vorfährt, tun wir so, als ob wir Andreas übernehmen.«

»Was ist, wenn Loewenstein mit im Wagen sitzt?«

Daran hatte Jack auch schon gedacht. »Wir mieten einen Wagen und warten an der Ecke zur Clark Street. Von dort aus können wir sehen, wer mit Andreas in den Transportwagen steigt. Wenn Loewenstein nicht im Wagen sitzt, können wir unseren Plan ausführen.«

»Und wie genau?«

»Ich war vorhin dort und habe mir das mal angesehen. Da ist dieser Seiteneingang in der Dearborn Street, durch den die Gefangenen reingebracht werden, erinnerst du dich noch?«

Bob nickte und Sophie hörte besorgt zu.

»Wir warten auf halber Strecke zwischen dem Eingang und der nächsten Straßenecke mit unserem Wagen. Dann stellen wir uns neben die Eingangstür, aber so, dass man uns von drinnen nicht sehen kann.« Jack hatte diesen Plan wieder und wieder im Kopf ausgeführt. »Wenn der Transport kommt, gehen wir ihm entgegen und übernehmen Andreas. Wir gehen dann langsam in Richtung Eingang und der Transport fährt hoffentlich wieder ab und niemand sieht, dass wir nicht ins Gebäude gehen, sondern mit Andreas in unseren Wagen steigen.«

»Hast du nicht was vergessen?«, fragte Bob.

»Was denn?«

»Andreas wird Handschellen tragen.«

Verdammt, daran hatte Jack nicht gedacht.

Bob zog triumphierend einen kleinen Schlüssel hervor. »Den habe ich noch in meiner Uniformjacke gehabt.«

»Und was macht ihr, wenn der Loewenstein im Wagen mitfährt?«, fragte Sophie.

»Das ist sehr unwahrscheinlich, denn das gehört eigentlich nicht zu seinen Aufgaben«, meinte Jack. »Aber wenn doch, dann weiß ich auch nicht.«

»Ich glaube nicht, dass das passiert«, meinte Bob. »Ein bisschen Glück gehört eben auch dazu.«

17. Mai 1886

»Nicht auszudenken, wenn uns jemand erkennt!« Jack musterte Bob von Kopf bis Fuß. Er hatte seinen Bruder vor sechs oder sieben Jahren zum letzten Mal in Uniform, ordentlich rasiert und mit kurz geschnittenem Haar gesehen.

»Geht gerade noch zu, oder?« Bob deutete grinsend auf Jacks Uniformjacke, die sich arg über dem Bauch spannte. »Zur Ernte hilfst du mir auf der Farm, sonst wirst du noch ein alter Fettsack.«

Jack ging darauf nicht ein, sondern fragte: »Werden wir ohne Schlagstöcke nicht auffallen?«

»Da können wir jetzt nichts mehr machen. Komm jetzt, damit wir Andreas nicht verpassen!«

Jack war bei der ganzen Sache nicht wohl zumute. Wenn irgendetwas schiefließ, würden sie im Gefängnis landen, genauso wie Andreas. Sich als Polizist auszugeben, war ein schwer geahndetes Verbrechen, mit weniger als zehn Jahren im Zuchthaus kämen sie bestimmt nicht davon. Womöglich würden sie dann Neufeld nie wieder sehen, denn viele überlebten derartige Haftstrafen nicht, insbesondere keine ehemaligen Polizisten.

Aber nun war es zu spät, um Bedenken anzumelden. Jack hatte Bobs verrückter Idee, Andreas zu befreien, zugestimmt. Sein Bruder war schon immer wagemutiger gewesen, und bis jetzt war das im Großen und Ganzen auch immer gut gegangen.

Sie hatten sich in einem Haus, das noch im Bau war, umgezogen und ihre Kleidung unter einem Bretterstapel versteckt. Jetzt schritten sie zügig durch die Gasse hinter der Baustelle. An der Ecke zur Chicago Avenue wartete der Wagen, den Bob gemietet hatte. Er hatte dem Fahrer, der jetzt verdutzt auf die Uniformen starrte, fünfzehn Dollar gegeben, damit er keine Fragen stellte.

Ständig waren Schritte im Gang zu hören, Zellen wurden aufgeschlossen und Gefangene zum Mitkommen aufgefordert. Nach einer Weile begriff Andreas anhand der Geräusche: Die Mitgefangenen wurden zwar weggeführt, kamen aber nicht zurück. Also brachte man sie nicht zum Verhör.

Andreas lief vor Aufregung in der kleinen Zelle auf und ab. Was würde jetzt geschehen? Dass man ihn als Zeugen wollte, konnte er sich nicht vorstellen. Er hatte keine Bereitschaft gezeigt, gegen irgendjemand auszusagen. Das ließ nur zwei Möglichkeiten übrig: Entweder würde man ihn anklagen oder freilassen.

Er war hin- und hergerissen und schwankte zwischen der Angst, jahrelang nicht mit Sophie und Ella zusammen sein zu können, und der Hoffnung, sie schon heute, vielleicht sogar innerhalb der nächsten Stunden, wieder in die Arme zu schließen.

Was konnte man ihm denn eigentlich anhängen? Dass er bei der *Arbeiter-Zeitung* tätig war und den Bombenwerfer persönlich kannte? Könnte es doch Fischer gewesen sein? Andreas hatte ihn in den Minuten vor der Explosion nicht mehr gesehen.

Auf dem Gang waren wieder Schritte zu hören. Jemand blieb vor seiner Tür stehen. Dann drehte sich tatsächlich der Schlüssel im Schloss. Die Tür wurde aufgerissen und der Schließer, der Andreas auch zu den Verhören abgeholt hatte, knurrte ihn an: »Mitkommen!«

Er wurde eilig die Treppe hinauf- und an Schaacks Büro vorbeigeführt, die Tür war geschlossen. Im großen Vorraum herrschte reger Betrieb. Andreas sah, wie Louis Lingg mit zwei Uniformierten beim Ausgang stand. Er trug Handschellen und lächelte kurz, als er Andreas sah. Im nächsten Augenblick wurde Lingg bereits hinausgeführt. Andreas schlug das Herz bis in die Schläfen. Würde man ihm auch gleich Handschellen anlegen? Ihm wurde schwindlig.

»Nun kommen Sie schon, ich habe nicht den ganzen Tag Zeit«, herrschte ihn der Schließer an und stieß ihn ein wenig in Richtung Ausgang. Dort angekommen, sagte der Polizist einfach: »Sie können jetzt gehen.« Keine Belehrung, keine Aufforderung, sich wieder zu melden, nichts. »Machen Sie, dass Sie wegkommen, der Steuerzahler hat Sie hier lange genug verköstigt!« Mit diesen Worten öffnete er die Tür und schob ihn hinaus.

Andreas ging die kleine Treppe hinunter, blieb stehen und blickte in den Himmel, der rauchverhangen war wie eh und je, denn aus den Schloten der zahllosen Fabriken kam dicker Qualm. Offensichtlich wurde nirgendwo mehr gestreikt.

Jetzt nur weg von hier! Andreas machte sich sofort auf in Richtung Westen, bis zur Kreuzung von Chicago Avenue und Milwaukee Avenue war es recht weit. Dort würde er die Straßenbahn nehmen. Die fünf Cent, die eigentlich für die Heimfahrt am 4. Mai gedacht waren, hatte er noch in der Hosentasche. Er konnte es nicht erwarten, Sophie und Ella endlich wiederzusehen.

Plötzlich rief jemand: »Andreas, warte!« Er blickte sich kurz um und sah zwei Polizisten, die ihm folgten. Für den Bruchteil einer Sekunde fand er es merkwürdig, dass ihn der Polizist beim Vornamen rief, aber er dachte nicht weiter nach, sondern entschied kurzerhand, nicht stehen zu bleiben. Hatte man ihn etwa irrtümlich entlassen? In Schaacks Keller wollte er nicht zurück. Wenn nötig, würde er alleine aus der Stadt fliehen und Sophie und Ella nachkommen lassen. Er beschleunigte zunächst den Schritt, erreichte die nächste Gasse, die zwischen zwei großen Fabrikgebäuden verlief, bog blitzschnell ein und fing sofort an zu laufen, und zwar so schnell er konnte.

»Mist!«, fluchte Bob und Jack sagte: »Er hat uns nicht erkannt.« Sie legten einen Schritt zu. Um kein Aufsehen zu erregen, fingen auch sie erst an zu laufen, nachdem sie in die Gasse eingebogen waren. Andreas war zu diesem Zeitpunkt bereits ein ganzes Stück entfernt.

»Andreas, warte!«, versuchte es Jack noch einmal, wohl wissend, dass sie keine Chance hatten, den zwanzig Jahre jüngeren Burschen einzuholen. Er nahm seine Mütze ab und rief: »Wir sind es, Bob und Jack!« Andreas drehte den Kopf leicht zur Seite und einen Augenblick später sah er sich im Laufen um. Er schien sie zu erkennen und blieb stehen.

»Gott sei Dank!«, sagte Bob und schlug Jack auf den Rücken. »Ich hatte wirklich keine Lust, hier durch die Gegend zu hetzen.«

Ich auch nicht, dachte Jack. Er war jetzt schon außer Atem.

Andreas kam ihnen entgegen und schaute sie ungläubig an. »Was macht ihr denn hier? Und warum tragt ihr Uniformen?«

»Wir wollten dich da rausholen«, erwiderte Bob. »Aber anscheinend ist das gar nicht nötig.«

»Die haben mich gehen lassen. Erst halten sie mich zwei Wochen fest, und dann lassen sie mich einfach laufen!«

»Hast du unsere Nachricht bekommen?«, fragte Jack.

»Welche Nachricht?«

»Hat man dir nicht zugerufen, nichts zu sagen?«

»Ihr wart das?«

»Ja, ich habe einem Obdachlosen zehn Dollar gegeben, damit er das macht.« Und zu Bob: »Los, wir müssen unsere Sachen holen und uns umziehen.«

Auf dem Weg zum Versteck fragte Andreas: »Wisst ihr, wie es Sophie geht? Ist Ella gesund?«

»Ja, es geht ihnen gut«, erwiderte Jack. »Sie warten auf dich. Ihr müsst sofort mit uns die Stadt verlassen, bevor Schaack es sich anders überlegt.«

»Und wo sollen wir hin?«

»Ihr kommt mit nach Hause, nach Neufeld«, sagte Bob. »Ich habe deinem Vater versprochen, dich hier rauszuholen, da werde ich dich erst einmal bei ihm abliefern.«

»Das kann ja was werden«, murmelte Andreas. Sein Vater war von Anfang an gegen die Arbeit bei einer anarchistischen Zeitung gewesen.

»Wird schon nicht so schlimm werden«, meinte Jack, unendlich erleichtert, dass sie ihren riskanten Befreiungsplan nicht hatten ausführen müssen.

Sie erreichten die Baustelle und zogen sich schnell um. Anschließend steckte Jack seine zusammengerollte Uniform in eine Mülltonne, Bob tat dasselbe.

Auf dem Weg zur Straßenbahn und während der Fahrt entlang der Milwaukee Avenue brachten sie Andreas auf den Stand der Dinge und er erzählte ihnen seinerseits, was er in den letzten Tagen erlebt hatte. Es war kaum zu glauben, dass das nun alles einfach so vorbei sein sollte.

Am Ziel angekommen, sprang Andreas als Erster vom Wagen, rannte die kurze Entfernung zum Haus und eilte, zwei Stufen auf einmal nehmend, die Treppe hinauf. Als er die Wohnung erreichte, stellte er fest, dass die Tür nur angelehnt war. Er zögerte und horchte. Drinnen herrschte Stille. Im Treppenhaus waren Schritte zu hören, das mussten Jack und Bob sein. Andreas ging mit klopfendem Herzen in die Wohnung. Irgendetwas stimmte hier nicht. In der Küche war niemand. Er öffnete vorsichtig die Wohnzimmertür und blieb wie versteinert auf der Schwelle stehen.

Sophie saß mit verängstigtem Gesicht und mit Ella auf dem Schoß auf dem Sofa, links davon thronte Schaack auf einem der gepolsterten Stühle und ein Mann, den Andreas nicht kannte, stand am Fenster und drehte sich in diesem Augenblick zu ihm um. Hinter sich, an der Wohnungstür, hörte Andreas Schritte und Schnaufen.

Schaack lächelte selbstzufrieden und rief: »Kommen Sie nur herein, meine Herren!«

Andreas warf einen Blick zurück und sah, wie Jack seinen Bruder, der vor ihm ging, am Arm packte.

Schaacks Aufforderung befolgend, trat Andreas ins Zimmer und einen Augenblick später stand Jack neben ihm.

Jack sah Loewenstein an, der vom Fenster her auf ihn zukam, aber an ihm vorbeispähte, als erwarte er jemanden. Als er nur noch zwei Schritte von Jack entfernt war, sah Loewenstein kurz Schaack an, schob dann eilig Jack ein wenig beiseite und stürzte aus der Wohnung.

Jack war froh, dass er so geistesgegenwärtig reagiert und Bob zurückgehalten hatte, als er Andreas in der Tür zum Wohnzimmer stehen sah und Schaacks Stimme hörte. Jetzt dürfte Bob schon einen ausreichenden Vorsprung haben. Hoffentlich war draußen kein weiterer Polizist postiert.

Schaack ließ sich nichts anmerken und deutete auf die gepackten Koffer, die neben der Tür standen: »Sie haben sicher nicht erwartet, mich vor Ihrer geplanten Abreise noch einmal zu sehen.«

»Nein«, antwortete Andreas leise.

»Sie müssen verzeihen, ich bin von Berufs wegen neugierig und erst zufrieden, wenn alle offenen Fragen beantwortet sind.« Schaack räusperte sich. »Das war immerhin merkwürdig: Einer der Verhafteten stammt aus dem Dakota-Gebiet und ein paar Tage später taucht plötzlich ein Zeitungsreporter aus derselben Gegend auf. Ich wusste sofort, dass das kein Zufall war. Zumal der Bruder des Reporters ohne meinen Auftrag in anarchistischen Kreisen verkehrte, während er hier in Chicago im Polizeidienst war.« Schaack machte eine kurze Pause und fragte nun etwas lauter: »Wo ist denn der Herr Bruder jetzt, Herr Hunhoff?«

»Ich weiß nicht, wovon Sie reden.«

»Ach, stellen Sie sich doch nicht dumm!«, rief Schaack. Und wieder ruhiger: »Einer meiner Informanten war dabei, als man Ihren Bruder neulich verprügelt hat. Und der andere, ebenfalls ein alter Kamerad Ihres Bruders, steht im Dienst der Pinkertons.« Er schmunzelte. »Die beiden hatten keine Ahnung davon, sondern hielten den jeweils anderen für einen verbohrten Anarchisten. Natürlich haben sie mir, unabhängig voneinander, von dem Vorfall berichtet und meine Vermutung, dass Ihr werter Bruder auch in der Stadt ist, hatte sich daher schon frühzeitig bestätigt.«

»Warum haben Sie dann nichts gesagt?«, fragte Jack.

»Ich hielt es für möglich, dass uns Ihr Bruder auf eine Spur führen könnte.«

»Wie kommen Sie darauf?«

»Wir haben Briefe von Ihrem Bruder in der Redaktion der *Arbeiter-Zeitung* gefunden.«

»Ja, und?« Jack versuchte, gleichgültig zu klingen, aber ahnte nichts Gutes.

Schaack holte einen Briefumschlag aus der Jackentasche, nahm ein beschriebenes Stück Papier heraus und faltete es auseinander. »Lieber August«, las Schaack vor, »ich habe deinen Brief dankend erhalten und kann dir nur zustimmen, dass sich die Genossen zu ihrer Selbstverteidigung ausreichend bewaffnen müssen. Das ist ihr gutes Recht nach unserer Verfassung und falls ich euch dabei behilflich sein kann, lass es mich bitte wissen.«

Im Zimmer war es totenstill. Andreas dachte an die Vernehmung, bei der Schaack ihn gefragt hatte, ob Lingg das Dynamit von Bob bekommen hatte. Und hatte er nicht gesagt, dass man in der Redaktion der *Arbeiter-Zeitung* fündig geworden war? Andreas sah Sophie an. Sie streichelte Ella, die in ihrem Arm eingeschlafen war. Als sich ihre Blicke trafen, sah Andreas Tränen in ihren Augen.

»Herr Hunhoff«, Schaack sah Jack eindringlich an. »Hat Ihr Bruder August Spies oder jemand anderem Dynamit beschafft?«

»Auf keinen Fall. Und seine Meinung in einem Brief zu äußern, verstößt nicht gegen das Gesetz.« Jack staunte über sich selbst, dass er Schaack gegenüber einen solchen Ton anschlug.

»Kommen Sie mir doch nicht mit dem Gesetz!«, brauste Schaack dann auch auf. »Sechs Ihrer ehemaligen Kollegen sind mittlerweile tot. Und Sie faseln vom Gesetz. Das Gesetz ist dazu da, Eigentum und Leben zu schützen, und von beidem scheint Ihr Bruder nichts zu halten!«

Jack musste das Gespräch unbedingt in eine andere Bahn lenken: »Captain Schaack, wie können wir Ihnen denn nun behilflich sein?«

Schaack sah ungeduldig zur Tür und sagte: »Wir wissen, Schnaubelt hat die Bombe entweder selbst geworfen oder direkt neben dem Täter gestanden und diesem möglicherweise die Bombe gereicht. Wer war der andere Mann?«

»Das weiß ich nicht«, erwiderte Jack. »Aber falls Ihnen das weiterhilft: Schnaubelt ist, so scheint es mir, nicht durch die Crane's Alley davongelaufen, sondern im Gegenteil auf diesem Weg erst zum Tatort gelangt.«

Schaack sah ihn verblüfft an: »Wie meinen Sie das?«

»Als er das Polizeiaufgebot anmarschieren sah, lief er durch die Gasse, also um das Gebäude an der Ecke von Randolph Street und Desplaines Street herum, sodass er sich letztlich hinter der Polizei befand, und hat die Bombe von dort geworfen.«

»Ein besonders hinterhältiger Anschlag also!«, rief Schaack. »Das erklärt auch, warum es Zeugen gab, die gesehen haben wollen, Schnaubelt hätte den Tatort zwei, drei Minuten vor der Explosion durch die Crane's Alley verlassen. Wegen dieser Zeugenaussagen hatte man ihn ja laufen lassen. Und worauf begründet sich Ihre Vermutung?«

»Ich habe mit einigen der verletzten Polizisten gesprochen, die mir die Richtung beschrieben haben, aus der die Bombe geflogen kam.«

In diesem Augenblick kehrte Loewenstein zurück, sah Schaack an und schüttelte den Kopf. Schaack stand auf und blieb vor Jack und Andreas stehen. Er sah von einem zum anderen und sagte: »Ich rate Ihnen dringend, sich nie wieder in Chicago blicken zu lassen!«

Loewenstein ließ Schaack den Vortritt und gab Jack beim Hinausgehen wortlos die Hand. Kurz darauf schlug die Wohnungstür zu und Sophie und Andreas fielen sich in die Arme, nachdem Sophie Jack die kleine Ella gereicht hatte, die nun aufwachte. Er setzte sich erschöpft mit dem Mädchen auf das Sofa und flüsterte: »Das ist gerade noch mal gut gegangen.«

Nicht einmal zwei Stunden später saßen sie im letzten Abteil des abfahrbereiten Zuges nach Milwaukee. Jack hatte bis zum Einsteigen vergebens Ausschau nach Bob gehalten. Hoffentlich war er nicht Schaacks Leuten in die Fänge geraten. Nicht auszudenken, dass man ihn beschuldigte, das Dynamit für die Bombe beschafft zu haben. Auch wenn das nicht wahr war, würde Schaack sicher jemanden finden, der es bezeugte. Und Bobs Briefe an Spies könnten vor Gericht ebenfalls als Belastungsmaterial dienen. Hätte Jack von Bobs Verbindungen zu Spies und Most gewusst, hätte er seinen Bruder auf jeden Fall davon abgehalten, nach Chicago zu fahren.

Was sollte er jetzt tun? Aussteigen und nach Bob suchen? Aber vielleicht hatte der auch den Zug vor einer Stunde erwischt und wartete in Milwaukee? Das war sehr gut möglich. Wenn Bob nicht dort war, konnte Jack immer noch nach Chicago zurückfahren.

Der Zug ruckte an. Plötzlich wurde die Tür aufgerissen und Sophie, die Jack gegenüber saß, rief: »Bob!« und Andreas sagte: »Gott sei Dank!«

Bob ließ sich grinsend neben Jack auf die Bank fallen und deutete zum Fenster. Jack schaute hinaus und sah auf dem Bahnsteig Jacob Loewenstein stehen, dessen Augen suchend über die Zugfenster wanderten. Loewenstein entdeckte Jack, sah im nächsten Augenblick auch Bob und stieß, seinem Gesichtsausdruck und seiner Mundbewegung nach zu urteilen, einen Fluch aus. Er war zu weit entfernt, um den anfahrenden Zug noch erreichen zu können. Jack dachte kurz daran, zu winken, tat das dann aber doch nicht. Er sah, wie Loewenstein den Bahnsteig in Richtung Ausgang entlangzugehen begann, und verlor ihn schließlich aus dem Blick.

Eineinhalb Jahre später, 15. November 1887

Eine angenehme Wärme schlug Jack entgegen, als er an diesem kalten Dienstagmorgen das Büro der *Dakota Zeitung* betrat. Seit Tagen wehte ein eisiger Wind von Kanada her über die Felder und durch die kleinen Präriestädte. Der Winter hatte begonnen und die Bewohner des Dakota-Gebietes zogen sich in ihre Hütten und Häuser zurück.

Herbert Schell schien schon auf Jack gewartet zu haben, obwohl dieser heute eigentlich früh dran war. »Man hat sie tatsächlich gehängt!«, rief der Verleger und kam mit einer Zeitungsseite in der Hand zur Tür gelaufen. Jack erkannte, dass es das Innenblatt mit den nationalen und internationalen Nachrichten war, das bereits fertig gedruckt von Bismarck aus an die kleinen Zeitungen geliefert wurde.

Jack legte schnell Hut und Mantel ab und nahm das Blatt in die Hand. Er überflog die Zeilen: August Spies, Albert Parsons, Adolph Fischer und George Engel waren am Freitag in Chicago hingerichtet worden. Louis Lingg hatte sich, so berichtete die Zeitung, am Tag zuvor in seiner Zelle das Leben genommen. Samuel Fielden und Michael Schwab mussten für den Rest ihres Lebens ins Gefängnis.

»So viel zum Thema Redefreiheit«, sagte Herbert Schell. »Zumindest Spies und Parsons sind allein für ihre Ansichten hingerichtet worden. Und Fielden und Schwab werden dafür eingesperrt. Das alles, weil sie den Mächtigen zu gefährlich wurden. Die Einzigen, die mit dem Bombenanschlag mehr oder weniger zu tun hatten, waren Lingg, Engel und vielleicht auch Fischer. Und den eigentlichen Attentäter hat man immer noch nicht gefasst.«

»Da sucht auch keiner mehr.« Jack hatte seinem Freund nichts von Meng erzählt, dessen Name kein einziges Mal im Prozess erwähnt worden war.

»Die Hingerichteten hätten keinerlei Furcht gezeigt, steht in dem Bericht. Bewundernswert!«

»Ihre Familien haben es bestimmt sehr schwer«, erwiderte Jack. Er dachte an die zierliche Johanna Fischer, die er bei Sophie kennengelernt hatte und die damals mit ihrem dritten Kind schwanger gewesen war. Was wohl aus ihr und den Kindern werden würde? Und er dachte an die Mutter, die Schwester und den Bruder von August Spies, mit denen er gesprochen hatte. Das war jetzt beinahe eineinhalb Jahre her und er hatte den Prozess, den die meisten Beobachter als abgekartetes Spiel mit einem parteiischen Richter und voreingenommenen Geschworenen bezeichnet hatten, in den Zeitungen verfolgt. Viele namhafte Leute hatten sich nach dem Schuldspruch für die Anarchisten eingesetzt, darunter nicht wenige, die mit sozialistischen Ideen nichts am Hut hatten, aber die Willkür der Justiz ablehnten. Diese Menschen hatten dabei nichts zu gewinnen, im Gegenteil, oft schadete es ihrem Ruf. Aber sie zeigten Charakterstärke und Herbert Schell wurde nicht müde, darüber in der *Dakota Zeitung* zu berichten.

Jack dachte auch an Bob, der unter den Bauern und den Einwohnern von Neufeld und Watertown Unterschriften für eine Begnadigung der Verurteilten gesammelt hatte. Auf Jacks Frage, ob er das Dynamit nach Chicago geliefert habe, hatte er nur den Kopf geschüttelt, gab dann aber zu, den Anarchisten Pistolen geschickt zu haben. Und er machte Jack klar, dass er den Kampf für ein besseres Leben der Arbeiter nie aufgeben würde.

Das traf auch auf Andreas zu, der sich einer marxistischen Gruppe angeschlossen hatte, allerdings in New York, wo ihm Herbert Schell durch einen Freund eine Arbeit bei der *Buchdrucker-Zeitung* vermittelt hatte. Beinahe wären Andreas und Sophie nach Chicago zurückgekehrt, denn die *Arbeiter-Zeitung* erschien wieder, sogar mit einer höheren Auflage als vor den Ereignissen im Mai letzten Jahres. Nach vielem Hin und Her hielten sie es dann aber doch für klüger, Schaacks Warnung ernst zu nehmen und in New York einen neuen Anfang zu wagen. Heinrich Brenner versuchte vergeblich, seinen Sohn zu überzeugen, auf dem Land zu bleiben.

»Ich kann nicht glauben, dass man Spies und Parsons wirklich hingerichtet hat«, sagte Jack und sah seinen Freund an. »Die beiden hatten doch mit der ganzen Sache nichts zu tun.«

»Sie hatten es gewagt, den Arbeitern die Augen zu öffnen und ihnen die Ursachen ihrer Armut zu erklären«, erwiderte Herbert Schell und faltete das Zeitungsblatt zusammen. »Dafür hat man sie gehängt.«

Nachwort

»Dieser Anschlag ist wie eine Fügung des Himmels. (...) Ein Prozess soll in Szene gesetzt werden, vor dem hier und in allen Landen jede revolutionäre Regung zerstäuben soll. Kühn und unerhört soll der Richterspruch sein.«

Das Zitat stammt aus dem Theaterstück *Die Nihilisten*, das 1882 für die Pariser-Kommune-Feier in Chicago geschrieben wurde und an dem mehrere der Angeklagten im Haymarket-Prozess als Schauspieler mitwirkten. Diese Sätze, die im Stück in einer Beratung von russischen Regierungsbeamten, die mit der Niederschlagung der Nihilisten-Bewegung im Zarenreich beauftragt waren, gesprochen wurden, könnten auch aus der Feder von Marshall Fields, Cyrus McCormick oder einem anderen führenden Großindustriellen in Chicago stammen – sie fassen die Absicht dessen, was in den Wochen und Monaten nach dem Bombenanschlag auf der Haymarket-Kundgebung geschah, bestens zusammen.

Die meisten der Personen, die in diesem Buch vorkommen, haben tatsächlich gelebt und die Handlung wurde eng an den historischen Hintergrund angelehnt.

August Spies, Albert Parsons, der sich auf Anraten der Verteidigung zu Prozessbeginn gestellt hatte, Samuel Fielden, Michael Schwab, George Engel, Adolph Fischer und Louis Lingg wurden am 20. August 1886 nach einem haarsträubenden Gerichtsverfahren zum Tode verurteilt. Oscar Neebe, ein ebenfalls angeklagter Anarchist, erhielt eine Gefängnisstrafe von fünfzehn Jahren. Keinem der Verurteilten konnte eine Beteiligung an der Ausführung des Bombenwurfes nachgewiesen werden. Es war vielmehr offensichtlich, dass es darum ging, eine bedrohlich werdende Gefahr für die Herrschaft des Kapitals ein für alle Male aus dem Weg zu schaffen. Dies wurde auch im Plädoyer von Staatsanwalt Julius Grinnell deutlich: »Die Anarchie steht vor Gericht. Diese Männer wurden ausgewählt und angeklagt, weil sie Führer waren. Sie sind nicht mehr schuldig als die Tausenden, die ihnen folgen. Meine Herren Geschworenen, verurteilen Sie diese Männer, statuieren Sie ein Exempel an ihnen, hängen Sie sie und retten Sie unsere Einrichtungen, unsere Gesellschaft.«

Die Verurteilten waren tatsächlich das Rückgrat der Arbeiterbewegung in Chicago: die fähigsten Organisatoren, die besten Redner, die Herausgeber der radikalsten Publikationen – ihre Gegner hatten lange auf die Gelegenheit gewartet, sie auszuschalten. Im Nachhinein wurde bekannt, dass genau diese Gegner schon bei der Formulierung der ersten Anklageschrift vom 5. Mai ihre Finger im Spiel hatten und dort eine angebliche Verschwörung ins Spiel brachten. Und sie stellten 100.000 Dollar zur Bekämpfung von Anarchie und Aufruhr zur Verfügung, die zum Teil für die Bezahlung von Detektiven der Agentur Pinkerton und anderen Informanten sowie zur Bestechung von Zeugen verwendet wurden. Zum Beispiel wurde dem Ehepaar Seliger aus diesen Mitteln eine Heimkehr nach Deutschland ermöglicht.

Alle Bemühungen, das Urteil in höheren Instanzen oder durch eine Bestimmung des Gouverneurs in Haftstrafen umzuwandeln, schlugen fehl. August Spies, Albert Parsons, George Engel und Adolph Fischer starben am 11. November 1887 am Galgen. Die Hinrichtung war stümperhaft, den Gehängten brach nach dem Öffnen der Fallklappen nicht wie üblich das Genick, sondern sie erstickten qualvoll im Laufe mehrerer Minuten. Louis Lingg bestimmte seinen Todeszeitpunkt selbst und ließ am Tag zuvor eine eingeschmuggelte Dynamitkapsel in seinem Mund explodieren. Es dauerte Stunden, bis er seinen Verletzungen erlag. Samuel Fielden und Michael Schwab stellten Gnadengesuche und ihre Todesstrafen wurden in lebenslange Gefängnisstrafen umgewandelt. Die anderen Verurteilten hatten sich geweigert, Gnadengesuche an den Gouverneur zu richten. Mehr als 200.000 Menschen säumten zwei Tage nach der Hinrichtung die Straßen Chicagos, um den Trauerzug mit den Särgen der Hingerichteten zu sehen.

Rudolph Schnaubelt war nach Kanada geflüchtet und lebte eine Weile bei Indianern. Anschließend arbeitete er auf einer Farm in Quebec und verdiente sich das nötige Geld für die Überfahrt nach England. Von dort ging er schließlich nach Argentinien und wurde ein erfolgreicher Hersteller von landwirtschaftlichem Gerät. Seine Flucht galt vielen als Eingeständnis seiner Schuld. Zumindest einige der Verurteilten erfuhren in den Monaten vor ihrer Hinrichtung den Namen des eigentlichen Täters, gaben ihn aber nicht preis.

Michael Schaack veröffentlichte 1889 ein viel beachtetes und reich illustriertes Buch mit dem Titel *Anarchy and Anarchists*, in dem er die Ermittlungen und den Prozess aus seiner Sicht schilderte. In dem Buch erwähnte er an mehreren Stellen, dass er eine ganze Reihe von Anarchisten noch immer überwachen ließe. Im gleichen Jahr wurde Schaack wegen

Korruption aus dem Polizeidienst entlassen, ebenso wie John Bonfield und Jacob Loewenstein.

Die Inhaftierten Fielden, Schwab und Neebe wurden 1893 durch den neu gewählten Gouverneur von Illinois, John Peter Altgeld, begnadigt. Nach eingehender Prüfung bezeichnete der in Deutschland geborene Jurist Altgeld den Prozess gegen die acht Anarchisten als unrechtmäßig. Altgeld war sich sehr wohl bewusst, dass er mit dieser Entscheidung politischen Selbstmord beging. Wie von ihm selbst erwartet, wurde er tatsächlich nicht im Amt bestätigt.

Lucy Parsons überlebte ihren 1887 hingerichteten Mann Albert um 53 Jahre und setzte den Kampf gegen die Ausbeutung der Arbeiter bis zu ihrem Tode fort. Unzählige Male wurde sie verhaftet oder beim Halten von Reden in der Öffentlichkeit behindert. Als sie 1941 starb, beschlagnahmte die Polizei in Chicago alle ihre Bücher und Papiere und ließ diese verschwinden. Polizei und Kapital hatten nicht vergessen, dass es Albert und Lucy Parsons waren, die am 1. Mai 1886, drei Tage vor dem Haymarket-Attentat, an der Spitze der ersten Maidemonstration marschierten, an der 80.000 Menschen auf der Michigan Avenue in Chicago teilnahmen und für die Einführung des Achtstundentages demonstrierten. Damit war der internationale Kampftag der Arbeiter geboren, den es in den USA allerdings schon im Jahr nach Lucy Parsons' Tod nicht mehr gab. Die Kommunistische Partei der USA verzichtete während des Zweiten Weltkrieges auf alle Proteste und Streiks. Eine Wiederbelebung nach dem Krieg wurde durch Verbote unterbunden.

Wie alles begann
Der erste Teil des Auswanderer-Krimis

Hoffnung ist ein weites Feld
Erster Teil des Auswanderer-Krimis

- ISBN 978-3-943176-59-9
- ISBN 978-3-943176-63-6

Nord-Dakota im Sommer 1881. Tausende deutschsprachige Einwanderer erhalten von der US-Regierung kostenloses Ackerland in der scheinbar endlosen Prärie. Geschäftsleute mit großen Träumen gründen mitten in den frisch besiedelten Landstrichen kleine Städte, die sich schon bald zu ländlichen Zentren des Wohlstands entwickeln sollen.

Himmelsfeld ist einer dieser Orte. Doch der friedliche Name täuscht. Der Hoffnung auf ein neues Leben stehen alte und neue Rechnungen gegenüber, die zu Mord und Totschlag führen.

Mit »Hoffnung ist ein weites Feld« beginnt eine Reihe von Auswanderer-Krimis, die dem Leben der Familie Sievers sowie ihrer Verwandten, Freunde und Nachbarn von den 1880er-Jahren bis ans Ende des Zweiten Weltkriegs folgen.

»Spannend und interessant beschreibt Kai Blum das harte Leben der Auswanderer um 1881. Der Schreibstil und die Story haben mir sehr gut gefallen, auch waren die Personen sympathisch und glaubhaft. Das Buch ist etwas mehr ein historischer Roman als ein Krimi, aber das tut dem Lesespaß keinen Abbruch.« *(Krimi & Co)*

»Ein spannendes Buch, in dem historische Fakten gekonnt ins Krimi-Genre eingebettet werden.« *(Das Magazin)*

Machtgier und Mordlust
Der zweite Teil des Auswanderer-Krimis

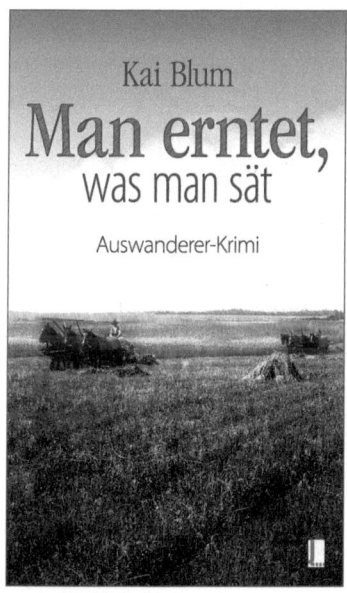

Man erntet, was man sät
Zweiter Teil des Auswanderer-Krimis

- ISBN 978-3-943176-61-2
- ISBN 978-3-943176-80-3

Nord-Dakota, 1883. Die Aufnahme des Dakota-Gebietes in die Vereinigten Staaten zeichnet sich ab und zur Geldgier in den jungen Präriestädten gesellt sich das Streben nach politischer Macht.

Vor diesem Hintergrund sieht sich Sheriff Jack Hunhoff mit einem Doppelmord konfrontiert. Verdächtige gibt es viele, konkrete Anhaltspunkte jedoch keine. Nur eines weiß der Sheriff, der sich in Kürze selbst zur Wahl stellen muss, mit Sicherheit: Sollte er diesen Fall nicht umgehend aufklären, stehen sowohl seine berufliche Existenz als auch sein persönliches Glück auf dem Spiel.

Mit »Man erntet, was man sät« setzt Kai Blum seine Reihe von Auswanderer-Krimis fort, die die mecklenburgische Familie Sievers und deren Verwandte, Freunde und Nachbarn von den 1880er-Jahren bis zum Ende des Zweiten Weltkriegs begleiten.

»Die historische Detailtreue und die gewisse Prise Abenteuer heben diese Buchreihe von anderen Kriminalromanen ab.« *(BalticBlog)*

Kai Blums unterhaltsam-lehrreiche USA-Lektüren

Sie sprechen bereits Englisch, fühlen sich aber in der oft bildhaften Alltagssprache noch nicht ausreichend gefestigt? Sie können sich zwar gut verständigen, tendieren aber dazu, immer auf denselben Wortschatz zurückzugreifen? Sie möchten einfache Redewendungen lernen, die Ihnen mehr Ausdruck verleihen? Dann sollten Sie dieses Buch lesen!

Der »Bessersprecher Englisch (US)« hilft Ihnen mit 150 Redewendungen dabei, sich sprachgewandter und professioneller zu verständigen – mit Freunden, im Urlaub oder im Berufsleben. Eignen Sie sich einen bildhaften Wortschatz an, der Ihnen im Alltag mehr Sprachsicherheit gibt, Sie vor Missverständnissen bewahrt und Ihnen neuen Spaß an der Sprache vermittelt.

»Der ›Bessersprecher Englisch (US)‹ gibt Ihnen 150 Redewendungen an die Hand, mit denen Sie bei Ihren amerikanischen Gesprächspartnern punkten und dem Gesagten mehr Ausdrucksstärke verleihen können.« *(NewYork.de)*

»Eine sehr, sehr schöne Art, sich sprachlich zu bereichern.« *(Literaturwelt)*

Mal ehrlich: Wie gut kennen Sie die USA denn nun wirklich? Klar, Sie haben schon zahllose amerikanische Filme gesehen, aber wissen Sie, welche Besonderheiten es beim Arztbesuch in den USA gibt, was Sie im Straßenverkehr beachten müssen, um nicht verhaftet zu werden, und welche Dinge Sie sagen und vor allem nicht sagen sollten? Egal, ob Sie den Urlaub oder eine längere Zeit jenseits des Atlantiks verbringen wollen, die Zahl der Fettnäpfchen, in die Sie unwissend tappen können, ist groß.

Mit Humor und vielen wissenswerten Details hat Kai Blum ein Reisetagebuch eines jungen deutschen Paares kommentiert, damit Sie auf unterhaltsame Weise von den Fehlern anderer lernen und bei Ihrem eigenen Aufenthalt die typischen Fettnäpfchen vermeiden können.

»Ein ernstes Thema auf amüsante Weise behandelt – so macht das Lernen aus Fehlern anderer richtig Spaß.« *(USA-Reise.de)*

»Wer die USA besuchen will, wird sich nach Lektüre dieses Buches auf Anhieb wesentlich sicherer bewegen.« *(CountryMag)*

Bessersprecher Englisch (US)
- ISBN 978-3-95889-101-2
- ISBN 978-3-95889-114-2

Fettnäpfchenführer USA
- ISBN 978-3-943176-16-2
- ISBN 978-3-95889-033-6 [PDF]